UNE

FAMILLE FRANÇAISE

A MADAGASCAR

UNE

FAMILLE FRANÇAISE

A MADAGASCAR

—

PREMIÈRE GRAND IN-8°

Ils avancèrent silencieusement (page 184)

UNE

FAMILLE FRANÇAISE

A MADAGASCAR

par

Eugène PARÈS

—

TRENTE GRAVURES

—

LIMOGES

EUGÈNE ARDANT & Cie.

ÉDITEURS

PREMIÈRE PARTIE

L'HÉRITAGE DE L'ONCLE

C'est la ruine, alors ! (page 17)

UNE FAMILLE FRANÇAISE A MADAGASCAR

PREMIÈRE PARTIE

L'HÉRITAGE DE L'ONCLE

I. — Où l'on fait connaissance avec Prigent et René Legoff, de la maison Legoff fils, successeur.

Tous les touristes connaissent la ville de Saint-Brieuc, une des plus pittoresques de la vieille Bretagne.

Malgré les coupes sombres pratiquées dans ses vieux quartiers par d'inintelligents maçons, sous prétexte de leur donner de l'air, mais en réalité pour y élever les bâtiments de l'Administration et aussi ces affreuses maisons de rapport, tenant le juste milieu entre la caserne et l'hô-

pital; malgré la présence d'un préfet, d'une multitude de
fonctionnaires de tous grades; malgré le chemin de fer
et l'électricité, Saint-Brieuc conserve, et conservera longtemps encore, une physionomie moyen-âgeuse, à ravir
d'aise l'archéologue et le poète.

Dans cette bonne petite cité, dont la population n'atteint pas 20.000 âmes, la plupart des habitants, commerçants, petits bourgeois, ouvriers retraités de la
marine, ont gardé pieusement les habitudes d'antan, se
lèvent tôt et se couchent de même, font encore leurs
quatre repas comme au siècle dernier...

Saint-Brieuc est pourtant une ville industrielle, commerciale, possédant des usines, des fabriques, des minote-
ries, des filatures, des tanneries, exportant en Angleterre
des œufs, des volailles, du beurre, du gibier, du grain, de
la cire et du miel, armant des navires pour la grande
pêche à Terre-Neuve et en Islande.

Son port reçoit de nombreux caboteurs, des navires de
400 à 600 tonneaux, et même quelques vapeurs; il est
situé, non dans l'intérieur de la ville, mais à un kilomètre
et demi plus loin, au Légué; un petit chemin de fer le met
en communication avec la ville.

C'est au Légué que se trouvent les douanes, les entre-
pôts, les magasins, les bureaux des gros négociants et
des armateurs.

Autant Saint-Brieuc est morne, tranquille, garde un
calme, un recueillement presque monacal, autant le Légué,
avec sa population de marins, son armée de débardeurs,
est bruyant, animé : la vapeur siffle, les marteaux retentissent, les camions roulent, les auberges, où les matelots
attendent un engagement, laissent échapper mille bruits
joyeux : chansons, grincements de violon, accents nasil-
lards de clarinette ou d'accordéon; parfois aussi ce sont
des cris de colère, des disputes, des batailles!

Pénétrons un beau soir de juin de l'année 1898 dans

les bureaux d'un des plus riches armateurs de la place de Saint-Brieuc.

La maison, une des plus belles du Légué, porte, au-dessus de l'entrée principale, ces mots en lettres d'or :

MAISON RENÉ LEGOFF

René Legoff fils, successeur. — *Armements pour Terre-Neuve et Islande.*

Il est dix heures. Assis devant un immense bureau, un homme d'une quarantaine d'années, grand, solidement bâti, brun de teint, la barbe et les cheveux d'un noir d'ébène, compulse fiévreusement un énorme registre ; il s'arrête de temps en temps pour inscrire un chiffre sur une feuille volante, annoter, pointer, effacer...

On lit sur son visage, qu'éclaire en plein la lueur d'une lampe, une grande tristesse, un profond découragement.

Soudain, il cesse d'écrire, jette sa plume et arpente la pièce à grands pas.

« A quoi bon pousser plus loin cette vérification ! murmure-t-il. Un passif de plus d'un million, et seulement quelques centaines de mille francs d'actif !.. La situation est nette. C'est la débâcle irréparable... Qui m'eût dit, à la mort de M. Legoff, que je verrais cette maison si solide, si prospère, péricliter, s'effondrer ? Ah ! c'était un commerçant, M. Legoff !.. Il n'avait ni automobile, ni yacht de plaisance, ni compte-courant chez les banquiers de Paris ; mais il a gagné une fortune, et demain, peut-être, son fils n'aura plus de pain... »

Il s'arrête, sa figure se crispe, et de grosses larmes roulent dans ses yeux.

« Pauvre René ! reprend-il. Je le blâme ! je devrais plutôt le plaindre. Il est jeune, il a voulu trop entreprendre, marcher avec le progrès, comme ils disent tous aujourd'hui, et rien ne lui a réussi. »

Et, hochant la tête, il allait se remettre machinalement à son travail, quand une porte s'ouvrit, et une voix appela :

— Prigent ! Etes-vous là, mon ami ?

— Vous m'appelez, monsieur Legoff ? demanda le personnage que nous venons d'entendre monologuer.

— Oui. Où en êtes-vous de votre travail ?

— J'ai presque terminé.

— Et le résultat ?

— Tel que nous l'avions prévu, hélas ! Nous sommes à découvert de plus de treize cent mille francs, et nous ne possédons en tout : argent en caisse, valeurs chez les banquiers, créances à recouvrer, que cinq cent mille francs environ.

— Avez-vous tout fait entrer en compte ?

— Tout.

— C'est la ruine alors ! murmura René Legoff, qui pâlit atrocement, pis que la ruine : la faillite, la banqueroute !

Et le jeune armateur tomba accablé dans son fauteuil.

René Legoff, Legoff fils, comme on disait à Saint-Brieuc, était un beau garçon de vingt-cinq ans environ, svelte, élancé, blond comme un vrai fils de la vieille terre d'Arvor. A la mort de son père, arrivée cinq ans auparavant, il avait pris la direction de la maison que celui-ci laissait dans un état des plus prospères. Jeune, intelligent, actif, mais inexpérimenté, il avait marché trop vite et s'était lancé dans une foule d'entreprises industrielles qui n'avaient pas réussi, ou qui demandaient trop de temps pour réussir. Confiant, croyant à l'honnêteté des autres comme à la sienne propre, il s'était laissé tromper et il avait pris des engagements au-dessus de ses forces. Ajoutons à cela une campagne de pêche désastreuse, trois goélettes perdues corps et biens, soit par suite de naufrage, soit par suite de collision avec quelque transatlantique — on ne sait jamais au juste ce qui se passe aux abords du banc de

Terre-Neuve — et on comprendra qu'il n'en fallait pas
tant pour compromettre une situation, même plus solidement assise que celle de René Legoff.

Prigent avait écouté en silence. Depuis longtemps,
toutes les affaires de la maison lui passant entre les mains,
il prévoyait une catastrophe, et n'avait épargné, pour
essayer de la conjurer, ni les conseils ni les observations
à celui qu'il était en droit de considérer bien plus comme
un ami que comme un patron.

Il avait son franc-parler dans la maison, où il était entré
à quinze ans comme petit commis. Servi par une grande
intelligence des affaires, ayant su intéresser Legoff père
à sa fortune, par son travail, sa probité et la rectitude de
son jugement, il était arrivé d'échelon en échelon, au poste
important de premier comptable fondé de pouvoirs.

— Je peux me reposer sur Prigent comme sur moi-
même, disait souvent Legoff père.

En effet, Prigent connaissait mieux les affaires de l'armateur que l'armateur lui-même.

Marié, père de trois beaux garçons, il perdait dans cette
catastrophe tout son petit avoir : une trentaine de mille
francs, que, sur les conseils de son ancien patron, il avait
laissés dans la maison.

Ajoutons, à la louange de cet excellent homme, que,
devant la douleur poignante de René, il ne pensa seulement pas qu'il était ruiné et ruiné par un autre.

Après un moment de silence, René reprit :

— Oui, c'est plus que la faillite... c'est la banqueroute,
le déshonneur !

— René, dit Prigent d'une voix qu'il essayait de rendre
calme, ne nous abandonnons pas au désespoir, envisa-
geons la situation aussi froidement que nous le pourrons.
Nous pouvons compter sur cinq cent mille francs; nous
avons par ailleurs quelques propriétés : des fermes, une

minoterie, qui représentent à peu près la même somme.
Ajoutons à cela quatre goëlettes, qui reviendront peut-
être en septembre, après une bonne campagne. Nous
sommes donc bien près du million. Pour le reste, nous
obtiendrons du temps.

— Et les échéances du 15? demanda René avec une
sombre exaltation.

— Vendons, hypothéquons.

René eut un geste farouche.

— Merci de vos bons conseils, dit-il. Avec votre aide,
que vous me continuerez, j'en suis persuadé, je parvien-
drai peut-être à mener cette liquidation à bonne fin. Je
serai ruiné, mais l'honneur de la maison restera sauf; le
fils de «l'honnête Legoff», comme on appelait mon père, ne
sera pas traîné devant le tribunal de commerce comme
failli, devant la cour d'assises comme banqueroutier...
Que le nom reste sans tache! le reste importe peu.

— Mais vous, que ferez-vous après cette liquidation?

Le jeune homme eut un sourire étrange; ses yeux se
fixèrent un moment sur un revolver déposé sur le bureau.

Prigent surprit ce regard et pâlit : un soupçon atroce
venait de le mordre au cœur.

— Vous ne répondez pas? interrogea-t-il.

— Oh! moi, dit enfin le jeune homme, je ne suis pas en
peine.

— Vous vous tuerez, n'est-ce pas? C'est cela que vous
voulez dire? fit Prigent sévèrement.

— Eh bien !

— Eh bien, vous ne commettrez pas cette lâcheté, la
dernière de toutes. Je m'adresse à votre raison et à votre
conscience. Comment, à vingt-cinq ans, vous déserteriez
la vie par un crime, alors que, jeune, intelligent, vous
pouvez reconquérir votre place dans le monde? Ce serait
plus que de la folie; je le répète, ce serait de la lâcheté
Vous parliez tout à l'heure de votre père, de «l'honnête

Legoff », comme nous disons tous ici en parlant de lui, vous invoquiez aussi l'honneur du nom... Mais, malheureux enfant ! le nom, la mémoire de votre père, seraient plus sûrement déshonorés par votre crime — car le suicide est un crime aux yeux de Dieu et des hommes — que par votre ruine, fût-elle totale, irrémédiable !

René, subjugué par cette parole austère, se taisait; d'un mouvement brusque et rapide, Prigent s'empara du revolver et le fit disparaître dans une des poches de son paletot.

— Vous allez me donner votre parole de renoncer à ce misérable projet.

— Mais, mon ami, pourrai-je survivre à ma ruine?

— Vous êtes seul, vous n'avez ni femme. ni enfant, vous serez comme tout le monde : vous travaillerez.

— Non, il vaut mieux en finir tout de suite.

— Ce n'est pas le fils de l'honnête Legoff qui parle ainsi?

— N'invoquez pas le nom de mon père. vous m'ôteriez tout mon courage.

— Dites votre exaltation.

— Encore une fois, ne me tentez pas.

— Cette parole, je l'attends... Je ne veux pas que l'on dise que le fils de l'honnête Legoff, après s'être ruiné comme un fou, s'est suicidé comme un lâche...

— Vous êtes dur, Prigent.

— J'attends.

— Eh bien, soit ! s'écria le jeune homme vaincu, sentant sa raison revenir, je vous promets de ne pas attenter à mes jours.

— C'est bien ; je sais que votre simple parole vous engage plus qu'un serment. Mais il est tard, et on doit être inquiet à Saint-Brieuc.

— C'est vrai... vous n'êtes pas seul, vous !.. Dans le malheur, vous auriez encore les consolations de votre dévouée compagne et de vos beaux enfants. Allez, mon ami, allez retrouver votre chère famille; moi je vais continuer cette triste veille.

— J'ai votre parole...

— C'est juré !

Prigent sortit, et, le dernier train étant parti depuis longtemps, il fit à pied le court chemin du Légué à Saint-Brieuc.

Il prit l'enveloppe et l'ouvrit (page 19)

II. — COMMENT PRIGENT, AU MOMENT OÙ IL S'Y ATTENDAIT LE MOINS, APPRIT QU'IL HÉRITAIT D'UN ONCLE DE MADAGASCAR

La famille Prigent habitait, rue du Bas-Pardel, une des plus vieilles de Saint-Brieuc, le premier étage d'une belle maison, gardant encore, en dépit de réparations aussi successives que maladroites, le cachet sévère et le grand air des maisons nobles du XVII° siècle.

L'appartement se composait de cinq pièces, confortablement meublées, sinon luxueusement : salon, salle à manger, chambre à coucher, chambre pour les enfants et cuisine. Gagnant au moins cinq mille francs par an, Prigent se trouvait, comme on dit, dans une belle situation, surtout à Saint-Brieuc, où la vie est relativement peu chère.

Il avait épousé, dix-sept ans auparavant, une jeune fille, orpheline comme lui, ne lui apportant en dot que sa

17

2

grande beauté; mais modeste, travailleuse, économe, ayant, toujours comme lui, les goûts simples et l'amour du foyer.

Dieu avait béni cette union de deux âmes simplistes et honnêtes : trois beaux garçons, Charles, âgé de quinze ans, Edouard de treize et François de huit, faisaient leur joie et leur orgueil; promettaient d'être un jour, le soutien de leur vieillesse.

Prigent, préoccupé de ce qui venait de se passer au Légué, se demandant si, malgré les consolations, les encouragements qu'il avait prodigués à René Legoff, il pourrait éviter à ce dernier la honte d'une faillite, ne mit que vingt minutes à franchir la courte distance de ses bureaux à sa maison. Il était minuit quand il pénétra dans sa chambre, où Mᵐᵉ Prigent, prévenue par un mot qu'il ne rentrerait que très tard, l'attendait, un ouvrage de broderie à la main.

Au moment où nous la présentons au lecteur, Mᵐᵉ Prigent avait trente-sept ans, mais en paraissait à peine trente. Sa vie s'était écoulée dans le calme et le travail, entre un mari qu'elle estimait au-dessus de tous et des enfants qu'elle adorait. Grande, blonde, ses traits reflétaient ce contentement, cette sérénité que donnent seule une conscience tranquille, la satisfaction du devoir loyalement accepté et vaillamment accompli.

En voyant entrer Prigent, elle abandonna sa broderie et courut à lui.

— Eh bien ! demanda-t-elle avec anxiété?

— Mes prévisions se sont malheureusement réalisées. René est ruiné. En sacrifiant, en vendant tout, c'est à peine s'il parviendra à désintéresser ses créanciers.

— Le malheureux ! Et nous, que deviendrons-nous? Non seulement tu perds ta place, mais nos pauvres économies me semblent bien compromises.

Je trouverai une autre situation. Quant à ces trente

mille francs, auxquels tu fais allusion, je les avais gagnés au service de M. Legoff père. S'ils pouvaient contribuer à sauver son fils, je ne les regretterais pas.

M⁰⁰ Prigent ne répliqua point, mais soupira profondément : la mère parlait en elle!

— C'est tout l'avoir de nos enfants, dit-elle enfin.

— Dieu ne nous abandonnera pas, ma chère Jeanne. Je suis connu ici, et, tant que j'aurai la force de travailler, nos chers enfants ne manqueront de rien. Crois-moi, nous sommes moins à plaindre, appuyés l'un sur l'autre, forts de notre affection, que ce malheureux René. Ce que j'ai vu ce soir est affreux.

N'ayant rien de caché pour sa femme, Prigent raconta, sans omettre un détail, la scène qui venait de se passer dans le bureau du jeune armateur.

— Le malheureux! s'écria M⁰⁰ Prigent, pâle, angoissée.

— Le coup a été si rude que, sans le partager, je comprends son affolement. Ce n'est qu'un moment à passer. Soutenu, encouragé, il réagira. Je ne l'abandonnerai pas; il faudra peut-être nous imposer des sacrifices pendant quelque temps, ma chère Jeanne.

— Je te reconnais bien là, mon bon Charles. Mais ces évènements m'ont fait oublier de te remettre cette lettre. Elle vient d'un notaire de Paris.

— D'un notaire! dit avec une feinte gaieté Prigent. Si c'était un héritage! ajouta-t-il en souriant de l'invraisemblance de cette supposition, nous pourrions aider René. Voyons ce que nous veut ce notaire.

Il prit l'enveloppe, portant, en effet, imprimée aux coins cette mention : « M⁰ Noël, notaire, rue Dauphine, Paris », et il l'ouvrit.

— Oh! dit-il, après avoir lu, l'oncle François est mort!

— Mort! l'oncle François! répéta M⁰⁰ Prigent avec un douloureux étonnement.

— Vois toi-même.

La lettre du notaire était ainsi libellée :

« Monsieur Prigent, comptable, rue du Bas-Fardel.

» Saint-Brieuc.

» Monsieur,

» J'ai le regret de vous annoncer la mort de M. François Prigent, votre oncle, décédé le 28 avril dernier, à Voavazala, province de Vavato (Madagascar). Depuis un an, son testament olographe est déposé dans mon étude. Je vous attends pour l'ouvrir en votre présence, conformément à la loi. Veuillez donc vous munir de toutes les pièces pouvant établir votre identité et vous présenter à mon étude.

» Agréez, etc. »

Ici un paraphe illisible; mais le nom et l'adresse du notaire, imprimés sur l'enveloppe, étaient répétés à l'angle supérieur de la lettre.

L'oncle François! Ce nom réveilla dans l'esprit de Prigent tout un monde de souvenirs. François Prigent, frère cadet de son père, était un original qui, pendant de longues années, avait rempli Saint-Brieuc du bruit de ses excentricités. Nature impressionnable, esprit hardi et aventureux, il avait successivement embrassé tous les négoces. Il avait d'abord tenté la grande pêche en Islande; puis, ruiné par une série de naufrages, il s'était rejeté sur la culture, l'élevage, la pêche côtière. Ses affaires avaient encore périclité. Alors, il s'était mis à voyager, courant le monde, visitant les deux Amériques, l'Afrique, la Cochinchine, le Tonkin. « Pierre qui roule n'amasse pas mousse », dit-on. L'oncle François se chargea de justifier ce vieux proverbe. Il roula beaucoup et n'amassa que des déconvenues, des déboires. Mais les insuccès, au lieu de

le décourager, semblaient au contraire l'exciter, et c'est
le visage radieux que, trois ans auparavant, il était venu
trouver son neveu.

— J'ai une affaire superbe à te proposer, dit-il. Voici en
deux mots ce dont il s'agit. Tu sais que la France se pré-
pare à conquérir Madagascar. Grâce à l'appui de quelques
amis, j'ai obtenu une place dans une grande maison qui a
soumissionné la fourniture des vivres pour le corps expéditionnaire, et je suis envoyé là-bas. La place est chose
secondaire ; mais, une fois dans la Grande Ile, une fois
les Hovas châtiés et notre domination solidement assise,
je m'installerai dans le pays et je ferai de l'élevage en grand.

— Toujours vos utopies, mon oncle !

— Non, des réalités. Le bétail est pour rien à Madagascar, et s'exporte aux îles Comores, à la Réunion, à
Maurice, en Angleterre même. C'est la fortune assurée
en quelques années. Viens avec moi, je t'associe à mes
affaires.

— Et ma femme, mes enfants ?

— Nous les ferons riches.

Prigent connaissait son oncle et savait que toutes les
affaires qu'il avait traitées jusqu'alors s'étaient transfor-
mées en désastres. Seul, il eût peut-être cédé, non par
esprit de lucre, mais par affection. Mais il était marié,
père de famille ; sa situation était honorable : devait-il risquer, de gaieté de cœur, pour un succès problématique,
le repos et l'avenir des siens ?

Il refusa catégoriquement.

— Tu perds la fortune ! s'écria l'oncle François. Tu ne
connais pas Madagascar. C'est un pays merveilleux, unique au monde, plus grand que la France, où tout s'accli-
mate, où l'on trouve de tout : bois précieux, caoutchouc,
or, argent, plomb, cuivre, houille ; où l'élevage ne coûte
rien ; où l'on peut s'enrichir, rien qu'en abattant des
arbres...

— Votre Eldorado ne me tente pas, mon oncle. Je suis satisfait de mon sort, et si je fais jamais fortune, ce sera ici, répondit Prigent, que ce tableau enthousiaste avait laissé froid.

— Bureaucrate ! tu mourras sur ton rond de cuir ! Mais, puisque c'est un parti pris, puisque tu refuses la fortune que je t'apporte, puisque tu te montres si peu soucieux de l'avenir de tes enfants, adieu ! tu n'entendras plus parler de moi.

Et il avait tenu parole.

Tout ce passé, si près cependant, car il datait de quelques années à peine, passa comme une vision devant les yeux de Prigent.

Et l'oncle Prigent n'était plus ! il était mo.. loin de sa patrie, loin de toute affection !..

Prigent oubliait la lettre du notaire, et peut-être la possibilité d'un héritage considérable, pour ne penser qu'au pauvre oncle, si bon, si dévoué, malgré son caractère excentrique et sa rudesse apparente.

— Ses dernières pensées ont été pour nous ! murmura-t-il, en essuyant une larme.

— Que comptes-tu faire ? demanda Mme Prigent, aussi émue que son mari.

— J'irai au rendez-vous du notaire ; d'héritage, il n'y en a peut-être pas, mais l'oncle François a pu compter sur moi pour exécuter ses dernières volontés et je ne trahirai pas sa confiance.

— Tu as raison, mon ami. Pauvre oncle François ! il nous aimait bien, il aimait surtout nos chers petits... Il faudra prier pour lui, mon bon Charles...

Le lendemain, Prigent prenait le premier train pour Paris, où il débarquait le soir même.

Il passa la nuit dans un petit hôtel de la rue Saint-André-des-Arts, et, à dix heures, muni de tous ses papiers, il se présenta chez Me Noël.

Celui-ci le félicita de son empressement ; puis, ouvrant un immense coffre-fort, en tira une enveloppe scellée de cire rouge. Après avoir fait constater à Prigent que les cinq cachets étaient intacts, il posa l'enveloppe sur son bureau, se renversa en arrière, croisa les bras d'un mouvement qui lui paraissait familier, et dit :

— Il y a un an environ, je reçus de M. François Prigent, éleveur à Voavazala, province de Vavato (Madagascar) une lettre ainsi conçue :

« Monsieur,

» Perdu dans un pays sauvage, n'étant pas sûr du lendemain, je vous adresse sous ce pli, d'une part une enveloppe contenant mon testament écrit en entier, daté et signé de ma main ; d'autre part un chèque de cinq cent mille francs sur la Banque de France, lequel chèque vous voudrez bien conserver en dépôt dans votre Etude.

» Mon seul et unique héritier est mon neveu Charles Prigent, comptable à Saint-Brieuc (Côtes-du-Nord).

» Des mesures sont prises pour que vous soyez immédiatement avisé de ma mort, le jour où il plaira à Dieu de me rappeler à lui.

» Ce jour-là, vous préviendrez mon neveu. »

— Avant hier, continua le notaire, j'ai reçu une lettre d'un nommé Vigouroux, officier du corps expéditionnaire resté à Madagascar, ami du défunt, dans laquelle il me transmettait un extrait authentique de l'acte mortuaire de votre oncle.

Je vous ai prévenu aussitôt.

Maintenant, voyons le testament.

Il était court.

S'entêtant dans son idée première, l'oncle François léguait à son neveu toute sa fortune, consistant en une somme de cinq cent mille francs déposée chez Mᵉ Noël, notaire à Paris, en immenses propriétés qu'il avait acquises à Madagascar, avec leur matériel, leurs troupeaux, l'argent pouvant se trouver dans sa caisse, et sous la condition, toutefois, que le dit neveu quitterait Saint-Brieuc et irait se fixer à Voavazala, où il continuerait son œuvre.

Dans un article additionnel, l'oncle François stipulait qu'une rente annuelle de 1.500 francs serait constituée au profit d'un sieur Joë Curry, son intendant et régisseur, et que Prigent conserverait cet homme à son service.

— Acceptez-vous? demanda le notaire.

— Oui, répondit Prigent, sans hésiter.

On peut s'étonner de voir Prigent, qui avait refusé d'accompagner son oncle à Madagascar, revenir inopinément sur cette résolution. Mais la situation n'était plus la même aujourd'hui qu'alors. Aujourd'hui, il était sur le point de se trouver sans emploi; son petit avoir était fort compromis, sinon perdu; et, au lieu de débuter péniblement à Madagascar, il allait se trouver à la tête d'un établissement, vieux déjà de trois ans, en pleine prospérité, puisque l'oncle avait déjà pu économiser cinq cent mille francs.

A midi, Prigent reprenait le train à la gare Montparnasse, et, à 11 heures du soir, il était à Saint-Brieuc.

— Je vais donc pouvoir aider René! se disait le brave homme. Maintenant la liquidation sera facile, prendra à peine quelques semaines, et qui sait? Si René consent à nous accompagner, peut-être retrouvera-t-il là-bas la fortune que son imprévoyance et sa légèreté lui ont fait perdre ici!

Deux mois après, le 15 août, la famille Prigent et René Legoff, dont la liquidation avait été rapidement terminée, grâce à l'aide généreuse de son ancien comptable, s'embarquaient, à Marseille, sur le *Mytho*, paquebot de la Compagnie des Messageries maritimes.

M. Joigalt fut présenté... (page 26)

III. — Où le docteur Joignit fait l'historique de Madagascar et de ses habitants

Le *Mytho*, sur lequel la famille Prigent et René Legoff avaient pris passage, ne faisait pas route pour Madagascar, mais pour l'Indo-Chine. Nos amis devaient donc descendre à l'escale d'Aden, et là, s'embarquer sur un autre navire à destination de l'île de la Réunion, d'où il leur serait facile de gagner Tamatave, principal port de notre nouvelle possession africaine.

Il était dix heures du matin quand le *Mytho*, lâchant ses dernières amarres, vomissant des torrents de fumée par ses gigantesques cheminées, s'élança, léger comme un oiseau, sur les flots bleus de la Méditerranée, que refoulait sa puissante étrave.

C'était un de ces grands steamers, véritables villes flottantes, comme la Compagnie des Messageries maritimes

en possède sur toutes les mers, spécialement aménagés
pour transporter des centaines de passagers, des milliers
de tonnes de marchandises ; grâce à leurs machines per-
fectionnées, à leurs doubles hélices, ils peuvent affronter
les plus gros temps, suivre sans dévier d'une ligne une
route déterminée, arriver à l'heure dite avec la même
régularité que les chemins de fer sur la terre ferme.

Le voyage de nos amis, y compris l'escale d'Aden pour
le transbordement sur un autre paquebot, à destination de
la Réunion, ne devait pas durer plus de vingt-cinq jours.

Et quel itinéraire !.. La Méditerranée ensoleillée, la
« Grande Bleue », comme l'appellent les enthousiastes et
les poètes ; le canal de Suez, cette œuvre gigantesque d'un
français, malheureusement accaparée par l'Angleterre ; la
Mer Rouge, qui évoque le souvenir de Moïse ; la Pales-
tine, l'Arabie, l'Egypte, l'Abyssinie, le détroit de Bab-el-
Mandeb, puis Aden, cette clef de l'Inde toujours aux
mains des Anglais, l'Océan Indien, l'île de la Réunion et,
enfin, Tamatave !

Les enfants étaient fiers de voyager sur un si beau navire. Prigent et sa femme restaient graves, soucieux ; ils
laissaient tant d'amitiés et de souvenirs sur la vieille terre
bretonne ! ils quittaient une existence modeste, mais tranquille, pour affronter l'inconnu, avec ses hasards et ses
dangers !

D'abord, Prigent avait voulu partir seul avec René ;
mais M⁰ Prigent et les enfants l'avaient tellement prié,
supplié, qu'il avait fini par consentir à les emmener.

— Que deviendras-tu seul, loin de nous ? avait dit
M⁰ Prigent. C'est un établissement fixe, et non une entreprise de quelques années que tu vas tenter là-bas. Nous ne
pouvons rester éternellement séparés. D'ailleurs, si nous
ne sommes pas là, qui te soignera si tu tombes malade ?
Qui te soutiendra, te consolera dans les jours d'épreuves ?

Et le départ avait été décidé.

René Legoff, lui, après sa ruine, n'avait pas été fâché de quitter Saint-Brieuc et la France.

— Il me reste quelques bribes de mon opulence passée; je me referai là-bas, s'était-il dit. Et puis, Prigent a tant fait pour moi, que l'abandonner serait de l'ingratitude.

A Aden, où ils arrivèrent le quatrième jour, nos voyageurs abandonnèrent le *Mytho*, qui continua sa route vers l'Indo-Chine et s'embarquèrent sur le *Saint-Louis*, autre paquebot moins puissant que le premier, mais bien aménagé, filant régulièrement ses dix-huit nœuds à l'heure.

Prigent, également désireux de s'épargner les frais très élevés du voyage en première classe et d'éviter à sa femme et à ses enfants la promiscuité des voyageurs de la troisième catégorie, avait décidé que l'on prendrait la seconde classe, encore très confortable.

Le *Saint-Louis* quitta Aden le soir, doubla le cap Guardafui et entra dans l'Océan Indien, qui apparaissait comme une immense plaine empourprée, vermeille, sous les feux du soleil couchant.

Par bonheur, aucun symptôme chez M⁰ Prigent et les enfants de ce terrible mal de mer dont on rit tant... à terre, et dont le ridicule n'est pas le plus gros des inconvénients, car il fait réellement bien souffrir.

Aussi, tandis que nombre de voyageurs, enfermés dans leurs cabines, geignaient, hoquetaient, en proie aux tortures du fléau, nos amis allaient et venaient par le navire, visitant tout, se rendant compte de tout.

A bord des paquebots, les cabines des femmes et celles des hommes sont séparées, mais on se retrouve dans les salles à manger, dans les salons et sur le pont; et, par ces belles nuits tropicales, si fraîches, si agréables après les lourdeurs, la torpeur de la journée, quelle jouissance de se réunir sur le pont, de passer de longues heures à parler du pays, à faire des projets d'avenir!

Le pont d'un navire, mais c'est le dernier salon où l'on cause !

Au moment de leur départ, les jeunes Prigent suivaient les cours du lycée de Saint-Brieuc; l'aîné, Charles, était en seconde; le cadet, Edouard, faisait sa cinquième, et François, le dernier, nommé ainsi en souvenir du bon oncle, commençait déjà à décliner *rosa*.

Tous trois étaient intelligents et studieux. Prigent, voulant en faire des hommes, les élevait sévèrement, ne négligeait rien pour leur instruction.

On juge de la joie de nos écoliers, lorsqu'ils apprirent qu'ils allaient voyager, « voir des sauvages », disait Edouard, mener l'existence de Robinson, insinuait Charles.

Madagascar leur apparaissait comme un paradis terrestre. Ils ne connaissaient cependant rien de ce pays.

C'étaient des questions à n'en plus finir sur Madagascar et ses habitants.

Prigent et René Legoff, que les enfants ne quittaient plus, y répondaient de leur mieux, c'est-à-dire fort mal.

Un jour, cependant, René eut une idée.

— J'ai fait la connaissance, au fumoir, dit-il, d'un médecin de marine qui retourne à Madagascar, où il a pris part à la dernière campagne. C'est un homme du monde, serviable, obligeant, très instruit; il nous donnera sur le pays et ses institutions des aperçus sérieux et certainement vécus.

Le soir même, sur le pont, M. Joignit, médecin de première classe du cadre colonial, fut présenté par René à la famille Prigent.

— Docteur, dit Prigent, pardonnez-nous notre importunité, mais nous allons nous fixer, pour toujours peut-être, dans un pays dont nous ignorons complètement l'histoire...

— Et vous voudriez être renseignés ! interrompit M. Joignit avec une bonne grâce charmante. C'est facile,

Comme on vous l'a dit sans doute, j'ai pris part, en qualité de médecin, à la courte mais brillante campagne de 1895. Comme j'étais le plus souvent à l'arrière-garde, où je soignais les blessés et les fiévreux, je connais peu de chose des combats; mais j'ai observé le pays, j'ai appris son histoire. Nous autres, hommes de science, nous nous intéressons naturellement plus à un beau cas pathologique, à un insecte, à un brin d'herbe, à un caillou, qu'aux faits de guerre qui, pourtant, sont loin de nous laisser indifférents. C'est ce qui explique que, si le soldat, qui va toujours droit au but, sans s'inquiéter de ce qui se passe autour de lui, tire rarement profit de ses voyages, le savant, au contraire, voit tout, connaît tout, se rend compte de tout.

La nuit était magnifique. Le navire avait passé la Ligne depuis l'avant-veille et, au ciel, que constellaient des milliers d'étoiles, la Croix du Sud, qui, dans ces régions, remplace l'étoile polaire, brillait d'un éclat incomparable; la mer, à peine ridée par une légère brise, réfléchissait dans ses profondeurs les féeriques illuminations du ciel.

Après avoir demandé la permission d'allumer un cigare, adossé à la lisse du bâtiment, ayant devant lui un auditoire attentif, car, à nos amis s'étaient joints plusieurs passagers, M. Joignit reprit :

« L'île de Madagascar, appelée aussi la Grande terre (1), justifie admirablement ce nom : plus étendue que la France, la Belgique et la Hollande réunies, elle vient en troisième ligne, comme superficie, après Bornéo et la Nouvelle Guinée.

» La plus grande île, vous le savez, est l'Australie, qui est plutôt considérée comme un continent.

» Madagascar a-t-elle fait partie autrefois du continent Africain, dont elle n'est séparée que par le canal de Mozambique ? Cette opinion a été émise et pourrait être soute-

(1) *Tani-Bé*, la Grande terre, en Malgache.

nue. Son système montagneux tendrait à le prouver. Quoi qu'il en soit, on n'a jamais trouvé trace sur son sol des grands fauves : lions, tigres, panthères; des grands pachydermes : éléphants, hippopotames, qui peuplent les solitudes de l'Afrique australe.

» Madagascar est d'une fertilité étonnante. Je n'insiste pas sur ce point, vous en jugerez bientôt.

» Qu'il me suffise de vous dire que, en raison de ses altitudes diverses, elle est propre à toutes les cultures, peut produire tous les végétaux de l'Europe et du monde entier.

» Nos conflits avec les Hovas ont fait croire généralement que ce peuple était le véritable maître de l'île. Erreur profonde ! Le Hova, originaire de la Malaisie, au teint bronzé, aux cheveux longs et lisses, est fixé depuis moins de trois cents ans dans la Grande île, où il est arrivé en fugitif et où il a réussi, à force d'audace, d'habileté, et aussi de cruauté, à s'établir en souverain maître.

» Sa puissance ne s'étend, ou plutôt ne s'étendait, que sur une partie du pays : les hauts plateaux de l'Emyrne ou Emerina, où il a bâti sa capitale : Tananarive,

» La population autochthone de Madagascar appartient à la race noire. On compte sur ce vaste territoire plusieurs peuplades, longtemps indépendantes les unes des autres. Ce sont :

» Sur les hauts plateaux du Sud, voisinant avec les Hovas, les Betsiléos ;

» A l'Est, sur les côtes de l'Océan, les Betsimisaracs ;

» Le long du canal de Mozambique, les Sakalaves, nos amis ;

» Au Nord, proche Diégo-Suarez, les Antankars;

» Au Sud, enfin, les Antanosses.

» Toutes ces peuplades étaient plus ou moins dépendantes des Hovas; dans beaucoup de provinces, ceux-ci n'avaient qu'une autorité purement nominale; certains peuples même échappaient complètement à leur domination.

» En occupant définitivement la Grande Ile, en exilant la reine Ranavalo et son vieux ministre et mari Rainilaiarivony, la France n'a fait qu'user de droits acquis par plusieurs actes de prise de possession, confirmés par de nombreux traités dont quelques-uns sont séculaires.

» Nos relations avec Madagascar ne datent pas d'hier. Sans parler de ces navigateurs dieppois qui, avant ou après les Hollandais, auraient abordé sur le littoral (1), nous avons des titres plus sérieux à opposer à ceux — je parle naturellement de nos bons amis les Anglais — qui qualifient d'usurpation notre légitime occupation.

» Les premiers établissements sérieux des Français à Madagascar datent de Louis XIII, qui, conseillé par Richelieu, délivra des lettres patentes concédant au sieur Rigaud, fondateur de la première compagnie des Indes Orientales, la partie de la Grande Ile où s'élève aujourd'hui Fort-Dauphin.

» Puis, vinrent Pronis et Flacourt, sous Louis XIV. Pronis ne réussit qu'à demi. Flacourt, protégé par le puissant surintendant Fouquet, fit beaucoup avec de petits moyens. Cependant la Compagnie vivait et obtenait le renouvellement de son privilège, qu'elle céda à une deuxième Compagnie, fondée au capital, énorme pour l'époque, de huit millions de livres.

» Cette deuxième compagnie prit solennellement possession de Madagascar au nom du roi de France. Le marquis de Mondevergue, commandant général des établissements français situés au delà de la ligne, grand amiral de Madagascar, arriva à Fort-Dauphin avec plusieurs navires, du canon, quatre compagnies d'infanterie, et installa en grande pompe les magistrats, les colons, les trafiquants, qu'il avait emmenés pour peupler la nouvelle colonie.

(1) En 1506, le Portugais Fernando Soarez, poussé par une tempête, aborda à Madagascar. Les Portugais y fondèrent plusieurs établissements, qu'ils abandonnèrent par la suite.

» Malheureusement, victime d'intrigues, il fut remplacé par l'amiral de la Haye. Celui-ci, malgré ses vaisseaux et ses troupes, dut abandonner Fort-Dauphin et se réfugier à Surate. Alors, la compagnie céda au roi de France Madagascar, où elle ne pouvait s'implanter, et la Grande Île fut réunie au domaine de la couronne par arrêt du Conseil, en date de 1688, renouvelé en 1719 et 1731.

» Réunion toute platonique, car, pendant près d'un siècle, on n'entendit plus parler de notre nouvelle colonie !

» Les indigènes étaient cependant disposés à se donner à la France.

» C'est alors que parut le comte Maurice de Bieniowsky, noble Hongrois, dont l'existence tient du roman. Bien qu'en butte aux jalousies des gouverneurs des Îles Bourbon et de France (1), abandonné par le gouvernement qu'il servait, il parvint, tant son ascendant sur l'esprit des indigènes était puissant, à se faire couronner empereur, et vint en France offrir à Louis XV le protectorat du nouvel empire. Les temps héroïques étaient passés; le gouvernement qui devait abandonner les Indes et le Canada refusa ! D'ailleurs, Bieniowsky ne fut pas plus heureux auprès des souverains d'Angleterre et d'Autriche. Revenu à Madagascar, cet aventurier de génie, qui eût pu nous donner un monde, mourut misérablement, frappé par une balle française !

» La Révolution et le premier Empire, trop occupés en Europe, ne furent pas favorables à la colonisation.

» En 1811, 1814 et 1815, les Anglais essayèrent de s'emparer de l'île. Mais les protestations de la France furent écoutées et ses droits solennellement reconnus.

» Les Anglais pouvaient céder sans crainte : ils nous avaient suscité dans l'ombre un terrible adversaire.

» C'est à cette époque, en effet, qu'apparaissent les Hovas. »

(1) La Réunion et Maurice.

L'amiral le fit arrêter et conduire à bord. (page 36)

IV. — CONTINUATION DU RÉCIT DE M. JOIGNIT — DE RADAMA LE GRAND A RANAVALO III

M. Joignit s'arrêta pour allumer un deuxième cigare.

— Après? dirent les enfants que ce récit intéressait vivement.

« J'en étais aux Hovas. Je vous ai déjà dit que ces peuples, originaires des îles de la Malaisie, étaient venus à Madagascar bien plus en fugitifs, en suppliants qu'en conquérants. Audacieux, rusés, dépourvus de scrupules, ils ne tardèrent pas à s'immiscer dans le gouvernement de la nation qui les avait cordialement accueillis, puis à aspirer au pouvoir suprême. Tel est le Hova d'aujourd'hui, tels étaient ses ancêtres : sans foi, sans loi, perfides, sanguinaires, ayant tous les vices sans aucune vertu.

» Un seul nom surgit, vraiment glorieux, du milieu de

33

ce peuple qui, en moins d'un siècle, donna deux rois et
quatre reines à Madagascar :

» Radama 1ᵉʳ, fils d'un chef presque inconnu, Andrian-
Amponima, fut un grand roi.

» Il était à peine âgé de dix-huit ans, lorsque, en 1810,
la mort de son père l'appela au pouvoir. Brave, actif, or-
ganisateur vraiment doué, se trouvant trop à l'étroit dans
ses petits états, il entreprit la conquête de l'île, sourde-
ment appuyé, je dois le dire, par l'influence et l'or de l'Angleterre, qui arma et instruisit ses soldats.

» La lutte fut acharnée. Radama éprouva plus d'une
défaite; mais sa ténacité, qui confinait au génie, triompha
de tous les obstacles et il régna, sinon paisiblement, car
de nombreuses révoltes éclatèrent sous son règne, du
moins en monarque absolu dans Tananarive, la capitale
que son père avait créée, qu'il agrandit et embellit considérablement.

» Ami des Anglais, il fut naturellement l'ennemi des
Français, dont il ravagea plusieurs fois les établissements
sur la côte, et qu'il soumit à des mesures vexatoires, arbi-
traires, illégales. Cependant, à l'occasion, il aimait à nous
rendre justice et à déclarer que nous valions mieux que
les Anglais.

» Ce prince fut un créateur, un législateur; il promul-
gua des lois, rédigea une sorte de code de justice, où,
malheureusement, la peine de mort revient à chaque
ligne; il mérita certainement le titre de « Grand » que lui
décernèrent ses sujets.

» Il mourut à 38 ans, rassasié de gloire et d'honneurs.
Des doutes sérieux planent sur la nature de sa mort, qui
serait due, dit-on, à une de ces révolutions de palais si
fréquentes dans les pays à demi barbares.

» Les peuples lui firent de splendides funérailles, témoi-
gnages d'une profonde douleur.

» A sa mort, une révolution éclata à Tananarive, et les

grands portèrent au pouvoir une de ses femmes, qui prit le nom de Ranavalo Iª.

» Celle-ci, ou plutôt son entourage, parut d'abord hostile aux Anglais, refusa de recevoir leurs agents et annula les traités passés depuis 1817.

» La France, cependant, dut intervenir, seule d'abord, en 1829, puis, de concert avec l'Angleterre, en 1845. Tamatave fut bombardée deux fois. Mais cela importait peu la reine, qui était en sécurité sur les hauteurs inaccessibles de l'Emyrne! la situation des Européens, immigrants ou marchands, ne fut modifiée en rien.

» Ranavalo, première du nom, mourut en 1861, à l'âge de quatre-vingt et un ans, et Radama II lui succéda.

» Celui-ci, reconnu par Napoléon III comme roi de Madagascar, sous la réserve expresse de la suzeraineté de la France, fut un réformateur. Il abolit la douane, la traite des esclaves, la corvée, l'épreuve judiciaire du feu et du poison ; il accorda aux blancs le droit de commercer, de circuler librement et d'acquérir ; il autorisa la prédication des religions chrétiennes, permit la création d'une société franco-malgache. Hélas ! un matin, on le trouva étranglé dans un coin de son palais...

C'est à partir de ce moment que commence la fatale influence des missionnaires anglicans à Madagascar.

» Radama II régna deux ans à peine. Sa veuve, Rasohérina, lui succéda, et les traités avec la France furent encore une fois annulés, déchirés.

» Ce règne de cinq ans fut marqué par une démonstration de l'amiral Duperré, tentée dans le but de faire obtenir une indemnité à nos compatriotes lésés par la dénonciation des traités ; ce fut une tentative infructueuse pour essayer de renouer des relations avec la nouvelle reine.

» L'amitié des Anglais ne porta pas bonheur à Rasohérina ; elle fut empoisonnée par son mari, le premier ministre Rainilaiarivony, cet homme étrange qui eut la surprenante fortune d'être successivement le ministre et le mari de trois reines !..

» La princesse Ramona, cousine de la défunte reine, fut élevée au trône sous le nom de Ranavalo II, et épousa Raïnilaïarivony, véritable roi sous son titre de premier ministre. Sous ce règne, la France obtint un traité autorisant nos compatriotes à acquérir des terres à Madagascar; mais le premier ministre parvint à rendre le traité illusoire, en décrétant que tout Malgache, qui céderait la moindre parcelle de terrain aux étrangers — les Anglais n'étaient déjà plus considérés comme des étrangers — serait condamné aux fers.

» La fatale guerre de 1870-71 porta un coup funeste au reste d'influence que nous possédions encore à Madagascar.

» La France n'existait plus... au dire des Anglais.

» L'audace des Hovas, grandissant en raison de notre faiblesse présumée, il fallut intervenir encore, ne fût-ce que pour montrer que notre Patrie n'était pas rayée du livre des nations. En février 1883, le vice-amiral Pierre dut s'emparer de Mazangaye où s'étaient réfugiés 2.000 Hovas, bombarder Tamatave, cette pauvre ville qui *écopait* tout le temps, comme disaient nos matelots.

» C'est alors que se produisit l'incident causé par ce prédicant méthodiste anglican, le R. P. Schaw, véritable agent provocateur, ne cessant d'ameuter les Hovas contre nous. L'amiral le fit arrêter et conduire à bord de son vaisseau. Comme toujours, les influences anglaises s'entremirent et le prédicant fut non seulement relaxé, mais bénéficia encore d'une indemnité de 25.000 francs votée par les Chambres françaises !..

» Cependant Ranavalo II avait passé de vie à trépas. Jamais pris au dépourvu, Raïnilaïarivony tenait en réserve une nouvelle reine, la princesse Razatindrahéty,

On le trouva étranglé dans son palais (page 35)

petite nièce de Radama le Grand, et, selon l'usage, épousa cette jeune souveraine de quatorze ou quinze ans, qui devait être Ranavalo III.

» Lancée par son vieux mari et premier ministre dans la politique anglaise, la nouvelle reine ne tarda pas à abandonner le culte de ses ancêtres pour embrasser la religion presbytérienne. Comme rien ne se fait à demi dans ces pays à demi barbares, elle obligea ses ministres, ses officiers, son peuple, à suivre son exemple. La nouvelle religion de la reine devint religion d'Etat, et plus de trois millions de Malgaches, nullement préparés à ce grand acte, durent se faire baptiser le même jour !

» Les Anglais triomphaient : Ranavalo leur livrait, non seulement les corps, mais les âmes de ses sujets.

» Ce fut la dernière reine des Hovas. Elle expie aujourd'hui dans l'exil les fautes de son gouvernement, ou plutôt du sinistre Rainilaiarivony, qui gouverna seul sous trois fantômes de souveraines.

» Sous ce règne, l'amiral Galibert, continuant l'œuvre de l'amiral Pierre, occupa plusieurs points de la côte, notamment Vohemar, Fort-Dauphin et Foulpointe.

» En 1885, ce fut l'amiral Miot qui tenta de s'emparer de vive force des camps retranchés de Farafate, au-dessus de Tamatave.

» Mais nos forces n'étaient pas assez considérables, et l'expédition échoua malheureusement, à la grande joie des Hovas et des Anglais.

» Elle eut cependant pour résultat de faire reprendre les négociations tant de fois interrompues. Elles aboutirent au traité de 1885, qui nous conféra le protectorat de l'île, traité bâtard qui ne satisfit personne et laissa nos compatriotes exposés à toutes les avanies, à toutes les vexations.

» Il fut reconnu tellement défectueux, le gouvernement hova apporta tant de mauvaise foi à en faire appliquer les clauses qui nous étaient favorables, il mit tant d'entraves à l'établissement de nos nationaux dans la grande île, que l'opinion publique s'émut et que, sous la poussée de l'indignation générale, les Chambres, d'accord avec le gouvernement, décidèrent d'assurer, par la force s'il le fallait, le respect de nos droits et l'exécution intégrale des conventions librement discutées et consenties.

» Un crédit de 25 millions fut voté pour l'entrée en campagne.

» Ce que fut cette expédition, qui commença en mars 1895 par l'occupation de Majunga, sur la côte nord-ouest, et se termina en septembre de la même année, par la capitulation de Tananarive, un autre vous le dira, vous décrira les péripéties de cette marche glorieuse dans un pays dépourvu de moyens de transport, sans route, à travers les marécages des plaines, les précipices des montagnes; vous racontera l'héroïsme de nos petits soldats, sous la conduite des vaillants généraux Duchesne, Metzinger et Voyron.

» Moi, j'ai voulu vous parler seulement du pays, de son gouvernement, vous expliquer quels étaient nos droits, vous montrer par suite de quel enchaînement de faits nous avons été obligés de conquérir ce merveilleux pays.

» Puissé-je ne vous avoir pas trop ennuyés! »

— Au contraire, docteur, dit Prigent. Votre conférence a été des plus instructives, et vous voyez que les enfants n'en ont pas perdu un mot.

— Merci, monsieur, ajouta Charles, merci de votre complaisance. Une autre fois, n'est-ce pas, vous nous parlerez des habitants, de leurs mœurs, de leurs coutumes et de leurs usages.

— Mon petit ami, répondit le docteur, ce serait déflorer à l'avance votre jeune enthousiasme. Vous allez vivre au milieu de ces peuples dont je viens de vous raconter l'histoire ; vos observations personnelles, les évènements, les faits qui défileront chaque jour sous vos yeux, tout cela vous en apprendra plus en quelques semaines que tous les récits des voyageurs.

Le 11 septembre, après vingt-six jours d'une heureuse navigation, le *Saint-Louis* jetait l'ancre devant la ville de Saint-Denis, capitale de l'île de la Réunion, qui se mire si complaisamment dans les flots profonds de l'Océan Indien.

Nos voyageurs se firent aussitôt conduire à terre.

La première, la plus longue partie de leur voyage, était heureusement terminée ; dans quelques jours, ils arriveraient au but.

C'était l'oncle Prigent ! (page 51)

V. — Ou l'on assiste au drame de la nuit du 28 au 29 avril 1898

L'Emyrne ou Emerina, appelé aussi Ankove, est le plateau central de Madagascar. C'est sur le sommet le plus élevé de ce plateau que se dresse Tananarive, la « ville aux mille villages », ancienne capitale des Hovas, où flottent aujourd'hui les glorieuses couleurs de la France.

Le pays est très accidenté ; la chaîne de montagnes, dont le massif principal traverse l'île dans toute sa longueur, du Midi au Nord, du cap Sainte-Marie au cap Ambre, laisse entre ses ramifications de belles et profondes vallées coupées de rivières, affluents des grands fleuves qui se jettent dans le canal de Mozambique à l'ouest, dans l'Océan Indien à l'est.

Quelques beaux lacs entourés d'une puissante végétation ; mais aussi des marais, réceptacles de fièvres paludéennes, ordinairement fatales aux Européens, existent sur ces hauteurs.

Le climat est très variable ; relativement frais et salubre sur les hauteurs atteignant jusqu'à 1.000, 1.300 mètres d'altitude, il est extrêmement chaud dans les plaines et les vallons, où les rivières, les ruisseaux et surtout les marécages, entretiennent une humidité malsaine, mortelle souvent.

A Madagascar, situé dans l'hémisphère austral, entre le douzième et le vingt-septième degré de latitude, on ne connaît que deux saisons : la saison sèche de mai à octobre, la saison pluvieuse de novembre à avril.

Pendant cette dernière, la pluie ne cesse pour ainsi dire de tomber, et, sous ce déluge continuel, les marais se gonflent comme des éponges, les rivières débordent, et le « général Fièvre », comme disent les Hovas, règne en souverain.

Les montagnes, souvent dénudées, dressent à des hauteurs considérables leurs fronts pelés, brûlés par le soleil, sans un arbre, sans un vestige de végétation ; dans les plaines, au contraire, au bord des ruisseaux, s'étalent, dans toute leur exubérance, les plus beaux spécimens de la flore équatoriale : fougères arborescentes ; arbrisseaux toujours en fleurs ; arbres gigantesques reliés entre eux par des enchevêtrements de lianes, formant des tentures, des murailles mobiles et toujours peuplées de singes agiles, d'oiseaux parés des plus vives couleurs.

Quelques-uns de ces arbres sont précieux comme l'« arbre du voyageur », ou « ravenala », dont les larges feuilles servent à couvrir les maisons ; le bananier, produisant un fruit délicieux ; le palmier raphia, dont les fibres textiles servent à fabriquer des nattes, des étoffes ; l'oranger, le sagoutier... D'autres sont sinistres comme le « strychnos » fournissant la strychnine, le « tanghin » que fuient les oiseaux, dont l'ombre n'abrite aucun être vivant et dont la noix contient le terrible poison employé autrefois dans les épreuves judiciaires.

Madagascar possède toutes les essences, depuis le bois de construction jusqu'aux bois de teintures ; on y trouve aussi toutes les variétés d'arbres fruitiers des tropiques et quelques-unes des régions tempérées.

Si les forêts fournissent des ressources aux constructeurs, les marais eux-mêmes ne sont pas sans utilité : les indigènes transforment souvent les marécages en rivières fertiles ; quant aux plaines, elles nourrissent d'innombrables troupeaux de bœufs zébus ou à bosse, de cochons à demi sauvages, de moutons à la queue ronde et chargée de graisse, poilus comme des chèvres.

L'élevage du zébu, race particulière à Madagascar, ne coûte presque aucun soin, presque aucune peine. Ces animaux vivent parqués dans de vastes terrains et ne nécessitent qu'une surveillance assez active, à cause des « Fahavalos » ou voleurs de grands chemins extrêmement audacieux.

On rencontre, à Madagascar, trois races de zébus : le zébu à grandes cornes pendantes, le zébu à cornes relevées et le zébu sans cornes.

La deuxième espèce est la plus appréciée, et s'exporte par milliers d'individus aux îles Mascareignes (1). Autant que l'Amérique du Sud, Madagascar semble indiquée aux fabricants d'extrait de viande ; elle pourrait approvisionner la France entière de bœuf conservé.

L'élevage y est d'autant plus facile que l'île ne renferme aucun carnassier. L'animal le plus dangereux que l'on rencontre dans les bois, est une sorte de chat sauvage, peu redoutable cependant, et ne s'attaquant jamais à l'homme ni aux grands bestiaux. Quant aux serpents et couleuvres qui pullulent partout, aucun n'est venimeux.

(1) Réunion, Maurice.

Ces détails donnés, remontons le cours des évènements et transportons-nous, par un beau soir d'avril 1898, à Voavazala, où, comme on le sait, l'oncle François Prigent s'était établi au lendemain de la conquête.

Ce domaine, acquis à beaux deniers comptants avec les profits réalisés au cours de l'expédition, était la propriété de l'oncle, et non une concession. Partie en plaines, partie en marais, partie en montagnes, il occupait une superficie pouvant égaler deux lieues carrées de France. L'actif Français y élevait d'immenses troupeaux, dont il expédiait des milliers de têtes chaque année aux îles Mascareignes et aux Comores; les marais avaient été transformés en rivières, les pentes des côteaux en vignobles; enfin, une tannerie avait été adjointe au domaine.

— Dans quelques années, j'installerai une rhumerie et peut-être une sucrerie, disait l'oncle François : les cannes sont d'aussi bonne qualité ici qu'à Maurice.

Beaux rêves qu'une épouvantable catastrophe devait briser !

On pourrait s'étonner de l'étendue de ce domaine si l'on ne savait que les trois quarts des terres de Madagascar restent incultes, faute de bras. La superficie de l'île est, en effet, de six cent mille kilomètres carrés, et sa population n'étant que de trois millions cinq cent mille habitants environ, cela donne six habitants seulement par kilomètre carré.

L'oncle François, par son audace, son intelligence, montrait ce que pourraient faire nos compatriotes possédant quelques capitaux dans ce pays, dont toutes les richesses ne sont pas encore connues.

En effet, à côté des trésors visibles : acajou, ébène, palissandre, bois de teinture, vanille, gomme copale, caoutchouc, etc.., le sol recèle dans son sein du fer, de l'or, de l'argent, du cuivre, du plomb et de la houille.

Ces gisements miniers ont été soigneusement cachés

aux Européens; les Hovas, instruits par trop d'exemples, craignant que la fièvre de l'or n'amenât l'envahissement de leur pays.

Leurs vices ont produit ce résultat redouté.

Mais revenons à l'oncle François.

La maison, qu'il avait fait construire sur le modèle des fermes normandes, était vaste, élevée d'un étage, construite en pierre, et couverte en feuilles de ravenalo, qui peuvent, pour la solidité, rivaliser avec le chaume et même l'ardoise.

Elle s'élevait au fond d'une immense cour, entièrement close; à droite, se trouvaient les magasins; à gauche, les étables pour les bêtes à l'engrais et les écuries, car l'oncle François avait fait venir de Maurice des chevaux et des mulets qui s'étaient parfaitement acclimatés (1).

L'esclavage a été solennellement aboli à Madagascar et ne pourrait d'ailleurs subsister sur une terre que protègent les couleurs de la France, mais il est facile de trouver dans l'île des travailleurs ou engagés de toutes les catégories; l'oncle François en occupait une centaine, résidant avec leurs femmes, leurs enfants, dans un village situé à une portée de fusil de la ferme.

Il vivait seul avec son régisseur Joë Curry, un mulâtre de l'île Maurice, et quelques serviteurs anglais ou malgaches.

Il recevait souvent la visite d'un officier retraité, M. Vigouroux, qui s'était fixé à Tananarive, où il occupait un emploi élevé dans les bureaux du gouverneur général.

Le soir où nous pénétrons dans la ferme, le 28 avril 1898, l'oncle François, couché dans la belle chambre du

(1) Les chevaux et mulets, amenés à Madagascar pour les besoins du corps expéditionnaire, ont très bien supporté le climat et se sont rapidement acclimatés.

premier étage, luttait désespérément contre le mal qui le terrassait.

— C'est la fin ! je le sens ! murmurait-il. Mon Dieu, mourir seul à un millier de lieues de son pays, c'est affreux !

Près de lui se tenait son régisseur Joë Curry, homme à la physionomie cauteleuse, aux lèvres minces, qui semblait jouir des souffrances du malade, étudier sur ses traits ravagés le progrès du mal.

— Calmez-vous, mon bon maître, dit-il d'une voix mielleuse. Le médecin, qui est venu hier encore, ne voit aucun danger immédiat.

— Oui, mais, depuis hier, ces vomissements, qui avaient cessé comme par enchantement, ont repris avec une nouvelle violence... J'ai la poitrine en feu... mon cerveau semble rouler comme un lingot de plomb dans mon pauvre crâne... Mes membres se raidissent... Si j'étais empoisonné ?

Une lueur fauve passa dans le regard du mulâtre, dont le teint olivâtre prit une couleur grise ; un tremblement convulsif agita tout son être.

— Empoisonné !.. Quelle folie vous hante ? dit-il enfin. Personne ne vous approche que Bob Thorps et moi. Je suppose que vous ne nous soupçonnez pas...

— Non, mais ces Hovas sont de terribles meurtriers... ils connaissent des toxiques qui ne laissent aucune trace.

— Ah ! les Hovas !.. fit Joë avec un singulier sourire, aucun ne pénètre ici.

— C'est vrai...

— Vous vous affectez inutilement. Ce sont ces rêveries qui vous rendent malade. N'y pensez plus.

— J'y tâcherai. A-t-on fait prévenir mon vieil ami Vigouroux que j'étais alité ?

— Il n'est pas à Tananarive ; il est sur la côte, à Majunga, je crois, dit brusquement Joë.

— Il faudra envoyer encore à Tananarive... demander un prêtre... je veux mourir comme j'ai vécu, en breton, en chrétien.

— C'est entendu. Mais vous n'en êtes pas là... Buvez ceci et essayez de dormir.

En même temps, le mulâtre versa dans une tasse une infusion de plantes aromatiques, qui chauffait sur une lampe à alcool; il ajouta à cette infusion quelques gouttes d'une liqueur incolore contenue dans un flacon de cristal, et tendit le breuvage ainsi préparé au malade. Celui-ci but.

— Merci, dit-il, je crois que je vais dormir. Vous pouvez aller prendre un peu de repos, Joë.

— Non, je vous veillerai comme tous les jours, comme toutes les nuits... Je ne prendrai de repos, continua le mulâtre avec un sourire sinistre, que quand vous serez tout à fai' guéri... quand vous ne souffrirez plus...

L'oncle François laissa sa tête retomber sur l'oreiller.

La lueur d'une lampe, adoucie par un globe dépoli, éclairait en plein le visage pâle, émacié du malade. L'oncle François n'avait pas soixante ans; mais il avait beaucoup voyagé, beaucoup souffert, et ses cheveux et sa barbe, dont il ne prenait plus soin, étaient complétement blancs.

Assis dans l'ombre, Joë dardait son regard enflammé sur le moribond.

On eût dit un tigre couvant sa proie.

L'oncle paraissait plus calme. Il avait fermé les yeux, comme s'il eût voulu dormir. Par moments, ses lèvres s'entr'ouvraient, et on l'entendait murmurer : « Charles!.. Jeanne!.. mes chers petits!.. »

Le mulâtre eut un brusque sursaut.

— Toujours ces noms!.. fit-il d'une voix sifflante. Oh! Bob a raison... il est temps d'en finir...

Il attendit quelques instants encore; puis, voyant que le malade ne faisait aucun mouvement et paraissait dormir, il se leva, traversa la chambre sur la pointe des pieds,

4

puis pénétra dans la pièce voisine, meublée d'un bureau
et d'un immense coffre-fort : c'était le cabinet de l'oncle
François.

Assis dans le fauteuil du vieillard, devant le bureau,
un homme, un blanc celui-là, semblait attendre.

C'était Bob Thorps, l'âme damnée de Joë Curry, employé comme lui à la ferme.

— Est-ce fini ? demanda-t-il.

— Chut ! Tu sais, fit Joë, avec un sourire sinistre qu'il
a fallu interrompre le *traitement* pour ne pas éveiller les
soupçons du médecin.

— Un âne bâté, un officier de santé, que nous avons
choisi exprès.

— Aussi n'a-t-il rien deviné. Il a parlé d'anémie, de
paralysie, de gastralgie, et autres choses en *ie*, sans approcher de la vérité.

— Le Tanghin est un auxiliaire précieux, la plus belle
conquête de ces idiots de Malgaches. Mais, es-tu sûr qu'il
n'y a pas de testament ?

— Sûr ! J'ai fouillé tous les meubles, le coffre-fort, qui
n'a pas de secret pour moi, et je n'ai rien trouvé.

— Alors ?

— Alors j'ai fait moi-même un testament par lequel
M. Prigent me laisse toute sa fortune en récompense de
mes soins dévoués. Oh ! sois tranquille, il trompera l'ex-
pert le plus habile. Depuis un an que j'imite l'écriture du
patron, je suis arrivé, comme tu pourras le juger par les
nombreux essais que j'ai conservés, à une perfection qui
m'étonne moi-même. Le voilà ce testament ! J'ouvre le
coffre-fort comme tu vois, je glisse le testament entre
deux liasses de papiers, et, demain, quand la dernière
dose de tanghin que je viens de lui verser aura fait son
effet, quand ce vieux dormira pour toujours entre quatre
cierges, les gens de justice pourront venir, le testament
sera là et... nous serons riches...

— Oui, riches, riches pour toujours ! fit Bob avec éclat, oubliant toute prudence.

— Misérables ! s'écria une voix ; avant de mourir, je vous aurai démasqués, punis...

Les deux complices se retournèrent effrayés.

A la porte du cabinet, un homme, un spectre, enveloppé dans un drap blanc, comme dans un suaire, était debout, la main étendue, tenant un revolver, le regard flamboyant.

C'était l'oncle Prigent.

Il ne dormait pas, comme l'avait cru Joë, et les deux bandits, élevant la voix sans s'en douter, par la porte restée entr'ouverte, il avait entendu leur effroyable conversation.

— Le maître ! dirent les misérables cloués au sol par la terreur.

— Oui, le maître !.. répéta le spectre. Dieu a permis que je vous entendisse, m'a donné la force de me lever, de prendre une arme, de me traîner jusqu'ici pour vous châtier... Assassins, faussaires !.. Oh ! mon Dieu, je meurs ! Charles... Jeanne... Adieu !

Et, se renversant en arrière, il s'effondra sur le parquet, tué par ce dernier et suprême effort.

Un instant terrorisés, les bandits retrouvèrent leur audace.

— Dernier acte du drame ! ricana Joë.

— La vertu punie et le vice récompensé ! répondit Bob. Mais assez de plaisanteries ; portons-*le* sur son lit pour que sa mort paraisse naturelle et... à nos rôles de serviteurs inconsolables ! Pleurons aujourd'hui, nous rirons demain.

— C'est la vie ! dit philosophiquement Joë.

— Prospert Ridard, ex-caporal... (page 59)

VI. — Où l'on rencontre Prosper Ridard, qui doit
jouer un rôle important dans cette histoire

La famille Prigent et notre ami René Legoff durent attendre à Saint-Denis une occasion pour passer à Tamatave, aucun service régulier n'existant encore entre la Réunion et Madagascar. Ils mirent à profit cet arrêt forcé pour visiter l'île, ses montagnes calcinées par un soleil de feu, ses magnifiques plantations de cannes, autrefois la richesse du pays, bien tombées aujourd'hui, par suite de l'abolition de l'esclavage, qui a augmenté le prix de la main-d'œuvre, et de la concurrence du sucre de betteraves, qui a remplacé presque partout le sucre de cannes.

Tout émerveillait les enfants : ce pays si riche, si fertile; les mœurs, les usages, si différents des leurs; cette population indolente, composée en grande partie de nègres, de mulâtres, véritables parias, que les créoles de

57

race pure traitent encore avec un dédain, un mépris
révoltants.

Les hommes de couleur, il faut le dire, semblent prendre à tâche de mériter l'aversion des blancs; généralement paresseux, cupides, ils sont capables de tout, et rendent au centuple aux pauvres noirs les avanies dont ils
sont eux-mêmes victimes.

Apprenant qu'une goëlette devait, sous peu, mettre à
la voile pour Tamatave, afin d'y prendre des engagés ou
travailleurs libres, Prigent traita avec le capitaine.

— Il faut arrêter un plan de conduite, dit-il. Nous
allons nous rendre à Tamatave; là, nous nous renseigne-
rons sur les moyens à employer pour gagner Voavazala,
situé, vous le savez, sur un des hauts plateaux de
l'Emyrne.

— Comment voyagerons-nous? demanda Charles. En
bateau, en voiture, en chemin de fer?..

— En « filanzane », répondit René. Si notre ami M. Joignit était ici, il te dirait que Madagascar ne possède pas
de route autre que celle qui a été construite par nos
soldats pendant la dernière expédition. Mais nous, nous
ne pouvons actuellement user de cette route, puisque elle
part de la côte opposée, de Majunga, et s'arrête à Tananarive.

— Alors...

— Rien que des sentiers à peine tracés; ce qui fait que
l'on ne peut voyager qu'à pied ou en filanzane.

— Qu'est-ce que c'est que ça, une filanzane?

— Une sorte de siège suspendu à des bâtons, que portent des indigènes ou « bourgeanes ». On appelle aussi
ces sortes de chaises à porteurs « tacons » ou « filacons »;
mais les Hovas emploient de préférence le mot: filanzane.
Une seule personne peut y prendre place, et, étant donné
l'état des sentiers, comme il faut marcher constamment

à la file indienne, juge de la longueur qu'occupera notre convoi.

— Et les bagages?.. comment les transportera-t-on sans voiture, sans chariot ? demanda encore Charles.

— Ils seront transportés à dos d'hommes.

— Alors, nous marcherons à la tête d'une véritable caravane, avec des palanquins et des porteurs nègres comme les explorateurs, s'écria Charles enthousiasmé. Père, il faudra nous donner des fusils pour défendre maman, si des bêtes féroces nous attaquent, et aussi pour chasser en route.

— Ta! ta! ta! pas tant d'enthousiasme! dit Prigent. Rappelle-toi ce que nous a dit M. Joigny : il n'y a pas de fauves à Madagascar, il n'y a que des crocodiles dans les rivières, et c'est bien assez...

Le soir même, Master Schmittion, commandant la goëlette la *Galloise*, vint prévenir Prigent qu'il lèverait l'ancre le lendemain matin, à la marée descendante, et qu'il était temps d'embarquer.

Une heure après, nos amis et leurs bagages étaient à bord.

La *Galloise* était spécialement aménagée pour le transport des engagés noirs recrutés sur les côtes de Madagascar de leur plein gré, ou forcés par quelqu'un des leurs; car, bien que la traite soit abolie, des navires aux allures mystérieuses stationnent parfois dans les criques désertes du littoral, et des pères, des chefs y conduisent encore leurs enfants, leurs sujets. Le prix de ces hideux marchés est toujours le même : des cotonnades, des bijoux faux, des armes quelques fois, de l'alcool toujours. La France, à qui appartient désormais le droit de police dans ces régions, devra surveiller avec soin les agissements de ces agents louches et peu scrupuleux, qui ne reculent ni devant la ruse, ni devant la fraude, pour arracher les pauvres Malgaches à leurs foyers.

On leva l'ancre à l'aube.

La mer était rude, et le petit navire, vieux, fatigué, gardant encore cette odeur âcre et nauséabonde qu'exhalent les corps des noirs, roulait et tanguait abominablement. Nos voyageurs regrettèrent alors le confort, la propreté méticuleuse du *Afriko* et du *Saint-Louis*, ainsi que l'aimable compagnie des officiers et des passagers. Mais à quoi bon récriminer? Il fallait bien, puisqu'on ne pouvait faire autrement, accepter cette cohabitation de quelques jours (1) avec master Schmittson et son équipage, composé de huit hommes sales, déguenillés, ivres souvent.

Les enfants eurent le mal de mer et ne riaient plus. M⁴⁴ Prigent fut obligée de se confiner avec eux dans la propre cabine du capitaine, que celui-ci avait eu l'obligeance de mettre à la disposition de ses passagers.

Enfin, après cinq jours d'une traversée mouvementée, la *Galloise* entra en rade de Tamatave.

— Tout le monde sur le pont! nous sommes arrivés! cria Prigent.

Les souffrances, les fatigues étaient oubliées.

Debout, à l'avant du navire, nos amis admiraient cette côte pittoresque, dominée par de hautes montagnes, ici dénudées comme des pics volcaniques, là parées de toutes les merveilles de la flore tropicale. Tamatave leur apparaissait au fond de la rade, égrenant le long du rivage ses cases aux murailles d'argile rouge ou de bambou, coiffées de toits en feuilles de ravenala. Les maisons européennes, les anciens consulats se pressaient, se serraient les uns contre les autres pour se protéger mutuellement. Au-dessus, le fort, qui était une menace autrefois, qui est une protection depuis que les couleurs françaises

(1) Les bateaux à vapeur ne mettent ordinairement que vingt-quatre heures à franchir cette distance de 600 kilomètres. La traversée par voiliers est de cinq à six jours.

flottent à son sommet, profilait son imposante silhouette.

Tamatave (1), vingt fois bombardée, vingt fois prise et reprise, était, avant la création de Majunga, le port le plus important de l'île.

Pas de qu... s, pas de bassins. On aborde avec les pirogues du pays, fragiles embarcations creusées dans d'énormes troncs d'arbres, munies de voiles et souvent de balanciers qui assurent leur stabilité sur l'élément agité. Montées par des nègres, vêtus d'un morceau de « lamba », ces barques primitives évoluent avec une rare adresse au milieu des îlots, des récifs madréporiques, et aussi des requins, qui pullulent dans l'immense baie.

Quand, par hasard, une barque chavire, il faut voir les hommes nager précipitamment, l'entourer, la retourner, la vider avec une rapidité, une inquiétude fiévreuse! Parfois l'eau se teint de sang, et un homme disparaît, happé par un de ces squales affreux. Mais les mariniers malgaches ne redoutent pas le requin; ils l'affrontent même souvent dans son élément. Armés d'un couteau, ils nagent à sa rencontre, et quand le squale, que la disposition de son effroyable mâchoire oblige à se retourner pour happer sa proie, leur livre son ventre, d'un seul coup, ils l'ouvrent de haut en bas.

Nos voyageurs furent témoins d'un de ces horribles duels entre l'homme et le squale, et ce fut l'homme qui vainquit le squale.

Sur la rade, plusieurs navires anglais et français, chargés de zébus, dont on entendait les meuglements lamentables, car cet animal sent le requin, attendaient le retour de la marée pour appareiller; d'autres, plus près de la côte, complétaient leur chargement, et l'on voyait d'interminables files de bœufs entrer dans l'eau, poussés à grands coups de bambou par des bouviers indigènes.

(1) Ville de 8.000 âmes environ, dont le port est appelé à un brillant avenir.

Des maisons européennes, installées à Madagascar, exportent jusqu'à vingt mille bœufs par an!

On juge de l'importance que prendra l'élevage, quand des services réguliers auront été organisés, quand l'établissement de tanneries bien outillées permettra d'utiliser les peaux, qui, aujourd'hui, sont mal préparées, ne se conservent pas, et n'ont presque aucune valeur commerciale.

Cependant des nuées de pirogues indigènes entouraient la *Galloise*. Les noirs mariniers, qui, dans un français incompréhensible, mélangé d'anglais et de malgache, offraient leurs services pour le débarquement des passagers et des bagages.

Mme Prigent et les enfants, encore tout pâles des terribles péripéties de la lutte de l'homme avec le requin, n'osaient s'aventurer sur ces frêles embarcations.

— Je n'oserai jamais! déclara franchement Mme Prigent. Nous serons coulés avant d'atteindre la côte. Charles, continua-t-elle, en s'adressant à son mari, prie le capitaine de nous conduire dans sa chaloupe.

Master Schmittson voulut bien mettre son unique embarcation à la disposition des passagers ; mais les bagages durent être confiés aux malgaches, qui, nous devons leur rendre cette justice, les transportèrent sans accident à terre, où ils furent déposés dans les magasins de la douane.

La chaloupe de la *Galloise* avait touché à terre.

— Je ne vivais pas pendant cette traversée, murmura Mme Prigent, qui poussa un soupir de satisfaction en entendant le sable fin de la plage crier sous sa bottine.

— Moi, dit Charles, je n'ai pas eu peur; pourtant, en me penchant, j'ai vu, à quelques mètres de profondeur, des masses noires rôder autour de notre bateau... c'étaient des requins.

Edouard et François, encore effrayés, ne disaient rien.

— Tout danger est passé, grâce à Dieu! fit Prigent. Maintenant, il s'agit de trouver un hôtel où vous vous reposerez pendant que René et moi nous irons à la douane pour les bagages.

— Un hôtel! j'ai votre affaire, mon prince, dit un jeune homme de vingt-quatre ans, à l'allure dégagée, qui avait suivi nos amis depuis leur débarquement; il était vêtu de coutil blanc et portait la médaille coloniale.

Et se présentant lui-même :

— Prosper Ridard, ex-caporal d'infanterie de marine, actuellement *cicerone* et guide pour nobles étrangers, attaché au service de l'*Hôtel de la Plage* tenu par l'illustre maître-queue Aristide Gagneux, cuisinier en disponibilité de plusieurs têtes couronnées et de l'amiral Bienaimé.

Tout cela fut débité d'une traite avec ce savoureux accent montmartrois que Prosper Ridard appelait le « pur accent parisien ».

— Conduisez-nous donc à l'Hôtel de la Plage, mon brave, dit Prigent.

L'*Hôtel de la Plage*, situé à l'entrée de la ville, qui — sauf le palais de la reine, les anciennes légations anglaises et françaises, l'antique « maison du juge », les villas, les casernes bâties depuis l'occupation — n'est qu'un composé de cases séparées par de petits jardinets, l'*Hôtel de la Plage*, disons-nous, était de construction moderne. De sa large terrasse, protégée par une vérandah, on jouissait d'une vue admirable sur la plage: de là son nom. L'hôte, un beauceron venu à Madagascar pour y faire le commerce des bestiaux, avait trouvé plus original de détailler ses élèves en rosbifs, culottes, entrecôtes, fricandeaux, que de les vendre sur pied. Son établissement, très confortable, bien tenu, prospérait, et le gaillard s'arrondissait de jour en jour, au naturel comme au figuré.

En compagnie de sa femme, il vint au devant des royageurs et les installa lui-même dans ses plus belles chambres.

L'installation achevée, Prigent et René allèrent s'entendre avec la douane pour retirer leurs colis, fort nombreux, car nous n'avons pas besoin de dire qu'une partie des cinq cent mille francs de l'oncle François avait passé en achat de matériel : vêtements, linge, armes, outils de toutes sortes.

Les formalités furent remplies le jour même et des nuées de bourgeanes (1), — car chacun ne portait qu'un objet, fût-ce une valise à main, — furent employés à transporter ces richesses de la douane à l'hôtel.

Prosper Ridard, débrouillard comme pas un, fut très utile à nos amis. Criant, gesticulant, mais l'œil à tout, il stimulait les noirs commissionnaires, veillant à ce qu'aucun colis, comme cela n'arrive que trop souvent, ne prît un autre chemin, car, alors, on ne l'aurait plus revu.

Cette activité, ce zèle, frappèrent Prigent, qui fit appeler Ridard pour le complimenter et le récompenser.

— Vous parlez le malgache? lui dit-il.

— Un peu, suffisamment pour me faire comprendre. Il y a trois ans que je suis ici; j'ai fait toute la campagne, continua-t-il, en montrant avec orgueil la médaille accrochée à son veston. Libérable à la fin de l'expédition, n'ayant ni parents ni amis en France, rien que des connaissances, dont il vaut mieux ne pas parler, j'ai accepté les propositions de M. Gagneux, et, comme les affaires n'étaient pas très brillantes à Tananarive, où il y a trop de concurrence, je suis venu m'établir à Tamatave.

— Et les affaires marchent?

— Ça boulotte... répondit Ridard, avec son accent faubourien.

— Gagnez-vous largement votre vie?

— Maître Gagneux me donne vingt-cinq francs par

(1) Porteurs indigènes.

mois, me loge, me nourrit pour lui recruter des clients. Ce n'est pas le Pérou ! mais il faut être juste, les clients seront rares, tant que Tamatave n'aura pas la vogue de Baden-Baden ou de Monte-Carlo.

— Voulez-vous gagner cinq fois autant, plus le logement, plus la nourriture ?

— Si je le veux !.. Que faut-il faire pour cela ?

— Entrer à mon service. Je possède de grandes propriétés dans l'Emyrne, et j'ai besoin d'avoir auprès de moi un homme de confiance connaissant le pays.

— Mais, si je connais le pays, vous ne me connaissez pas.

— Vous avez été militaire, c'est une recommandation suffisante à mes yeux. Acceptez-vous ?

— Il faudrait être ennemi de soi-même pour refuser une pareille aubaine. L'*Hôtel de la Plage* marchera comme il pourra ; mais moi, je suis à vous dès ce moment.

— C'est entendu, et, pour votre entrée en fonctions, vous vous occuperez d'organiser notre départ.

Après le repas, qui fut excellent, maître Gagneux s'étant surpassé, Prigent annonça son intention de partir dans trois jours.

— Pour Tananarive ? interrogea René.

— Pour Voavazala.

— Mais il faut faire reconnaître vos droits d'héritier.

— L'important est de connaître d'abord la propriété. Elle est administrée par un nommé Joë Curry, ancien régisseur de mon oncle, à qui je dois même servir une rente de quinze cents francs. Il ne refusera pas de nous recevoir, en attendant que les tribunaux aient ordonné notre entrée en possession définitive.

Les choses ainsi réglées, nos amis se firent conduire à leurs chambres ; ils avaient besoin d'un repos réparateur, après les mauvaises nuits passées à bord de la *Gauloise*.

Il circulait sur les flancs de la caravane. (page 66)

VII. — EN ROUTE POUR VOAZALA. — LE PAYS MALGACHE ET SES HABITANTS

Dès le lendemain, Prosper Ridard s'occupa de recruter des bourgeanes pour le transport des voyageurs et de leurs bagages. Il en fallait réunir au moins une centaine, les équipes devant être doubles : car les porteurs de filanzanes, toujours courant, se relayent de minute en minute, mais sans s'arrêter.

Il est curieux de voir les brancards de filanzanes passer d'épaule en épaule sans que la marche subisse le moindre arrêt, sans que le voyageur s'aperçoive de ces successifs changements de porteurs.

Les bourgeanes ne sont pas ambitieux; pour 1 fr. 25 ou 1 fr. 50 par jour, ils iraient au bout du monde.

Le recrutement fut facile dans cette population, appartenant à toutes les races de l'île, qui encombre Tamatave et son port. Les Sakalaves, les Antankars, amis de la France, y pullulent et se montrent en général très serviables. Les Hovas, soumis en apparence, mais non résignés, se tiennent à l'écart. Ils affirment leur supériorité sur les autres peuplades, en s'*habillant à l'européenne*, c'est-à-dire en portant la redingote, le chapeau haut de forme, mais remplaçant souvent le pantalon par une draperie d'indienne ou de « rabane »(1) de raphia. Les riches apportent moins de fantaisie dans leur toilette et sont vêtus de *complets* de la *Belle Jardinière* et du *Pont-Neuf;* leurs femmes arborent des robes de soie à longues traines, ou simplement le *costume tailleur*, mais conservent la coiffure nationale, sorte de frisure en tire-bouchon d'un singulier effet sous le chapeau parisien.

Les Européens ou « Vazas » sont peu nombreux à Tamatave.

Nos missionnaires catholiques sont comme noyés au milieu du flot des pasteurs de toutes les sectes protestantes, très influents à Madagascar, attirant les indigènes dans leurs temples, et, depuis la conversion de Ranavalo, les y conduisant même à coups de bâton !

C'est ce que les méthodistes, qui s'étaient d'ailleurs emparés de l'éducation des enfants, appelaient convertir les infidèles...

En deux jours, Prosper Ridard eut terminé ses préparatifs.

L'avant-veille du départ, il présenta à nos amis son armée de bourgeanes, une centaine de noirs, robustes, bien musclés, connaissant admirablement le pays, et leur chef Tiénévraotony, sakalave pur sang, dévoué à la France.

Ce n'est pas un « Andrian »(2), dit le joyeux Montmartrois ; il ne fait pas précéder son nom du « ra » qui remplace la particule ici, ce qui faisait dire à mes camarades

(1) Etoffe faite avec les fibres textiles de palmier-raphia.
(2) Prince.

de l'infanterie de marine que tous les nobles malgaches
étaient des *rats;* mais il est dévoué, intelligent, et il a fait
partie du corps expéditionnaire(1). Je réponds de lui comme
de moi-même : nous sommes d'ailleurs « frères de sang ».

— Frères de sang? demanda René surpris.

— Oui, nous nous sommes liés par le « fatidrah », cérémonie qui consiste en incantations et autres simagrées
faites par un prêtre ou « sikidi », dans l'absorption de
quelques goutelettes de sang recueillies sur nos poitrines
avec la pointe d'une sagaie, et dans le serment de nous
aimer et de nous défendre jusqu'à la mort. Ce serment
est solennel et engage ceux qui le prononcent; les plus
grands malheurs sont prédits à ceux qui le trahissent : le
frère de sang parjure à son serment peut être tué comme
un chien.

— Cette coutume était très répandue parmi les Indiens
du Nouveau-Monde, observa René. Eh bien, puisque nos
préparatifs sont terminés, nous pourrons partir demain.

— Non, demain est un vendredi, jour « fadi ».

— Ah!

— Toute chose fadi porte malheur. répondit Prosper.
Le fadi correspond au « tabou » des néo-Zélandais. On ne
se met pas en voyage un jour fadi, on ne s'approche pas
d'un homme, d'un animal, d'un arbre, d'une maison fadi.
Quand les Sikidis veulent perdre un homme, s'emparer
d'un bien, d'un trésor, ils le déclarent fadi. L'homme,
abandonné, séparé de tous, succombe à cet anathème; le
bien, le trésor, restent la propriété des Sikidis. Vous
voyez que cette façon de mettre les choses et les gens
hors la loi commune, est aussi intelligente que canaille.

— Nous partirons donc samedi, répondit Prigent. Il ne
faut pas heurter trop brusquement les superstitions de
ces malheureux indigènes.

(1) Il y avait un corps uniquement composé de Malgaches dans la colonne
expéditionnaire de 1895. Ils se sont montrés bons soldats, braves, dévoués.

— Oh! j'ai connu des civilisés qui croyaient à l'influence du vendredi et autres fariboles, dit Prosper.

— C'étaient des natures faibles, des caractères inquiets; rien, mon ami, heur ou malheur, n'arrive sans la volonté de Dieu.

— Je le crois fermement, monsieur.

Le samedi, à l'aube, tout le personnel de la caravane attendait devant l'*Hôtel de la Plage*.

Prosper Ridard répartit les ballots entre les porteurs qui prirent les devants, marchant dans les pas l'un de l'autre, à la file indienne, sous la conduite de Tiénévraotony, superbe avec son chapeau de paille, qui affectait la forme de nos gibus, et son large lamba d'écorce de palmier raphia. Il tenait à la main, comme insigne de son commandement, une sagaie ou large lance, au manche incrusté d'argent.

Puis vinrent les porteurs de filanzanes, fauteuils primitifs en peau de bœuf ou en rabane d'écorce, suspendus entre deux bâtons, munis d'une planchette attachée à des cordes, pour appuyer les pieds; la filanzane destinée à M⁰ Prigent était, en outre, surmontée d'une sorte de dais d'où pendaient des rideaux de cuir.

Les porteurs de bagages, nous l'avons dit, avaient pris le devant; la caravane alors s'organisa comme suit :

En tête, la filanzane de Prigent, chef de l'expédition, marchant en éclaireur; immédiatement après, la filanzane de M⁰ Prigent, puis celle où Edouard et François avaient réussi à se caser; enfin, Charles et René Legoff formant l'arrière-garde.

Prosper Ridard, lui, s'était procuré, on n'a jamais su où, un vieux mulet, et, quand la largeur des sentiers le permettait, il circulait sur les flancs de la caravane, dirigeant tout, surveillant tout.

— En route, et à la grâce de Dieu! avait dit Prigent, en prenant congé de maître Gagneux et de sa digne épouse.

— En route ! avaient répété nos amis d'une seule voix.

Chaque homme — et Charles, à sa grande joie, avait été considéré comme un homme — avait dans sa filanzane, à portée de sa main, une carabine chargée; car, dans la montagne, on risquait de rencontrer, non des fauves — les fauves, nous l'avons dit, sont inconnus à Madagascar — mais des partis de rebelles, des bandes de Fahavalos, ou voleurs de grands chemins, qui ne craignent pas de s'attaquer aux Européens.

Les bourgeanes, excités par une copieuse rasade de rhum, qui leur avait été versée au départ, étaient pleins d'ardeur et d'entrain.

De Tamatave aux plateaux de l'Emyrne, il fallait compter environ quinze jours de marche.

Si une route directe existait, route praticable aux chevaux et voitures, la durée du voyage s'abrégerait de moitié. Mais Radama le Grand s'était opposé à la construction de toute route praticable, craignant de faciliter aux Vazas l'envahissement de son pays, et ses successeurs avaient suivi les mêmes errements. Il faut donc, aujourd'hui encore, voyager par des sentiers à peine tracés, où deux hommes ne peuvent passer de front, gravir des montagnes par des chemins tortueux, côtoyant des précipices. Si une rivière se présente, on la passe à gué ou dans ces longues pirogues que les indigènes creusent à l'aide du feu dans les troncs géants des « varongy », dont le bois est, dit-on, incorruptible.

Toutes ces difficultés n'avaient pas arrêté nos amis.

On se trouvait encore dans la saison sèche et la chaleur était accablante. Les bourgeanes n'en paraissaient pas incommodés. Sous ce soleil de feu, toujours courant, se relayant de minute en minute, ils faisaient gaillardement leurs six ou sept kilomètres à l'heure.

A une vingtaine de kilomètres de Tamatave, la petite

caravane rencontra l'Yvondrou, large et belle rivière aux
rives pittoresques, admirablement boisées, mais infestées
de caïmans, qui, cachés dans les bambous, étendus sur les
bancs de vase, où ils se confondaient avec les troncs abattus des mangoustans et des aréquiers, guettaient patiem-
ment les troupeaux menés à l'eau par un bouvier indigène.

Le paysage était ravissant : partout des ébéniers géants,
des ravenalas aux feuilles disposées en éventails, des
palma-christi, des palmiers aux stipes grêles, élevant
leurs couronnes de verdure à vingt mètres du sol, des
bouquets de bananiers offrant à tous leurs fruits délicieux.

Dans le feuillage, voltigeaient des milliers d'oiseaux au
plumage éclatant, tandis qu'au bord de l'eau, les aigrettes
au plumage argenté, les hérons rouges, les martin-pêcheurs
jaunes et bleus barbotaient dans la vase, pêle-mêle avec
les canards, les sarcelles, les oies sauvages.

Le « Falo Radama », gros faucon choisi comme emblème
par Radama le Grand, voletait en rond dans le ciel profond, d'un bleu implacable, sans une ombre, sans une tache.
Il était prêt à fondre, rapide comme la foudre, sur la
proie choisie. Dans les plantes aquatiques, le « vouroun-
samaroun » jetait son cri monotone, qui, selon la croyance
des Malgaches, décèle à l'homme la présence du caïman.

Accrochés aux lianes en fleurs, unissant les arbres, traversant parfois la rivière comme des ponts féeriques,
gambadaient, grimaçaient des singes acrobates : « baba-
koutes », « makis », « Aye-Aye », etc.

On fit halte dans une large clairière, où des troncs abattus semblaient disposés comme des sièges naturels sous
les fougères arborescentes, sous les bouquets de rana-
velas aux larges feuilles, qui répandaient une ombre, une
fraîcheur délicieuse.

— Quel admirable pays ! dit M⁰⁰ Prigent.

— Oui, sans les fièvres, ce serait un véritable paradis
terrestre, répondit Prigent.

— Les fièvres sont, il est vrai, le fléau de Madagascar, dit Prosper, mais on a beaucoup exagéré leur acuité. Sur les hauts plateaux, où vous allez habiter, leur influence n'est pas à craindre.

— Pourtant, observa René, au cours de la dernière expédition, nous avons eu plus d'hommes terrassés par les fièvres que fauchés par la mitraille des Hovas.

— La mitraille des Hovas! elle n'atteignait jamais le but, ces gaillards là tirent si mal! Figurez-vous qu'en chargeant leurs canons, ils oubliaient de déboucher les évents de leurs obus, si bien que ceux-ci tombaient sans éclater. Pour en revenir aux fièvres, oui elles ont fait des milliers de victimes dans nos rangs. Mais le soldat en campagne, surmené, harrassé, mal nourri, offre peu de résistance, tandis que le colon sobre, astreint à une hygiène rigoureuse, ne buvant pas d'alcool, ne travaillant pas au soleil, a de grandes chances de rester indemne. Comme nos bourgeanes, par exemple! Regardez-les : ils ont fait vingt-quatre kilomètres de six heures à dix heures; ils se reposent à l'ombre maintenant, sachant que nous ne les ferons pas marcher d'ici 4 heures.

Tout en causant, nos Européens déjeunaient avec les provisions apportées de l'*Hôtel de la Plage*. Les noirs avaient déjà expédié leur repas de riz et de porc arrosé de « betsa-besse », liqueur faite avec du jus de cannes à sucre et des plantes aromatiques, et étaient allés s'étendre auprès des bagages.

Ainsi que l'avait dit Ridard, il est extrêmement dangereux, mortel même, de voyager pendant certaines heures de la journée.

Aussi se repose-t-on de dix heures du matin à quatre heures du soir.

Charles voulait, à tout prix, essayer son fusil et parlait d'aller sur le bord de la rivière faire la chasse aux caimans.

— Mais, malheureux, tu serais frappé d'insolation

avant d'y arriver! dit René. Reste à l'ombre. D'ailleurs,
tes balles glisseraient sur la carapace de ces sauriens
comme sur une plaque blindée. Tiens, continua-t-il, en
désignant du doigt un oiseau gros comme un fort pigeon,
qui planait dans le ciel où il semblait immobile, puisque
tu veux absolument faire parler la poudre, essaye ton
adresse sur ce particulier.

Charles épaula et allait tirer, quand, brusquement,
Tiénévraotony abaissa le canon de son fusil.

— Ça « vouroum », oiseau fadi, dit-il.

— Que dit-il? fit Charles désappointé.

— Il dit, répondit Prosper, que c'est un vouroum ou
oiseau royal, emblème de Radama le Grand. Cet oiseau
est fadi ou sacré; quiconque le tue s'expose à la colère du
peuple. Mais, ajouta-t-il, en désignant une masse noire
immobile entre les branches d'un arbre, tirez là et vous
ne perdrez pas votre plomb.

Charles tira, et, par le plus grand des hasards, atteignit
le but indiqué. On entendit comme un battement d'ailes
et une masse noire, dégringolant de branche en branche,
vint tomber, se débattant encore, aux pieds du jeune
chasseur.

— C'est un dindon sauvage. Beau coup, ma foi! dit
René.

— Voilà qui sera plus utile à notre table qu'un faucon,
fût-il royal, dit Prosper, pendant que Charles se précipi-
tait vers ses parents, en criant :

— J'ai tué un dindon! j'ai tué un dindon!..

A 4 heures, la caravane reprit sa marche et s'arrêta, le
soir, dans un gros village, au bord de l'Yvondrou.

Là, pas d'auberges; mais les Malgaches sont hôspitaliers,
et le chef, faisant filer sa famille chez des voisins, céda
aux Vazas sa propre case, vaste et bien tenue.

Après le repas, dont le dindon tué par Charles fournit
le plat de résistance, les Malgaches, mis en gaieté par un

petit tonnelet de rhum que Prigent fit défoncer, donnèrent une fête aux Vazas. Le village fut illuminé à l'aide de torches de cannes à sucre, et, aux accords d'un orgue de Barbarie, propriété du chef, jeunes gens et jeunes filles, fous de musique et de danse, comme tous les peuples primitifs, organisèrent des rondes, s'abandonnèrent aux enivrements de la « saga ».

— La danse nationale des Malgaches, dit Prosper.

La fête se prolongea fort avant dans la nuit. Nos amis étaient couchés qu'ils entendaient encore les cris des danseurs, les chants des bourgeanes, mis en bonne humeur par de copieuses libations de rhum et de betsa-besse. Ces peuples sont malheureusement sans défense contre les tentations de l'alcool, et c'est avec du rhum frelaté que les Anglais les abrutissent, comme ils ont abruti les Indiens du Nouveau-Monde avec leur affreux gin, comme ils affolent les Chinois avec leur opium empoisonné.

Le coulamné était solidement attaché. (page 82)

VIII. — CONTINUATION DU VOYAGE. — UN VOLEUR LIVRÉ EN PATURE AUX ARAIGNÉES

Le lendemain, dès l'aube, les bourgeanes, qui ne paraissaient nullement se ressentir des fatigues de la nuit, étaient à leur poste, prêts au départ.

Il est vrai que Tiénévraotony, infatigable, veillait à tout et à tous. Levé le premier, armé d'un bâton, qui avait remplacé pour un moment la sagaie au manche incrusté d'argent, il avait lui-même sonné le réveil sur les côtes des paresseux et assigné à chacun la place qu'il devait occuper. Tous étaient présents. Bien différents des porteurs du continent africain, que les explorateurs ne peuvent retenir, qui s'enfuient dans la brousse, avec leur charge souvent, les bourgeanes malgaches se montrent fidèles observateurs des clauses de leur engagement, suivent jusqu'au bout ceux qui les ont embauchés.

Après avoir remercié le chef de sa bonne hospitalité,
distribué quelques menus cadeaux à sa femme et à ses
enfants, Prigent donna le signal du départ, et la caravane se mit en marche dans le même ordre que la
veille.

— L'étape sera rude, dit Prosper Ridard : les montagnes commencent.

En effet, à mesure que l'on s'éloignait de la côte, le
pays s'accidentait de plus en plus, montant toujours. Parfois on gravissait des pentes abruptes, parfois on côtoyait
des précipices, on s'engageait dans des défilés étroits,
coupés de profondes déchirures, qu'il fallait franchir sur
des ponts de lianes ou de simples troncs d'arbres vacillant sous les pieds. Les malgaches, heureusement, ne
sont pas sujets aux vertiges; suant, soufflant, geignant,
mais ne ralentissant pas leur marche, ils allaient d'un
pas sûr, ne se laissaient arrêter par aucun obstacle.

Sur ces routes impraticables, longeant des abîmes sans
fond, le cavalier Prosper Ridard était obligé de mettre
pied à terre et de traîner par la bride son mulet qu'il
avait appelé *Ramasse ton bazar*, en souvenir d'un général hova, célèbre dans les récits de bivouac (1).

Aux chaînes de montagnes succédaient souvent des
plaines, des vallons à la végétation folle, exubérante.
C'était alors une succession d'enchantements à ravir un
artiste; l'œil ne savait où se poser au milieu de ce fouillis
de frondaisons séculaires, de ces tapis de fleurs, de ces
longues files de palmiers aux stipes élancés, rangés
comme les colonnes d'un temple de géants, laissant tomber de leurs chapiteaux de verdure des festons, des rideaux
de lianes fleuries.

(1) Le général Ramasombazaha, gouverneur général de la province de Boïni.
Nos soldats, ne pouvant prononcer les noms malgaches, l'avaient baptisé
Ramasse ton bazar, comme ils avaient baptisé le vieux ministre Rainilaiarivony
du sobriquet de *Rue de Rivoli*.

Ici, une éminence isolée, surmontée de fougères arborescentes, d'orangers parfumés; là, un ruisseau promenant nonchalamment ses ondes tranquilles; tandis que,
plus loin, un étang couvert de flamands roses, de hérons
rouges, d'aigrettes argentées, semblait un saphir gigantesque dans un écrin de velours vert.

Les traînées d'ombre et de lumière qui tombaient, glissaient, filtraient à travers les ramures, se brisaient contre
les stipes grêles des palmiers, ajoutaient encore à la magie
du spectacle.

Cependant, il tardait aux voyageurs d'arriver.

— Nous ne sommes pas encore à la fin du voyage, disait
Prosper. A mesure que nous avancerons, le pays deviendra de plus en plus difficile. Le temps est heureusement
favorable à la marche. En saison pluvieuse, nous serions
arrêtés à chaque pas par les marais et les rivières débordées.

— Ne nous plaignons donc pas, répondait Prigent.

Peu de villages, dans ce pays splendide, qui eût nourri
des centaines de mille malgaches. A peine, de loin en
loin, apercevait-on quelques réunions de cases chétives,
dont les habitants, vêtus de rabanes d'écorce, accouraient
au devant des Vazas pour leur vendre des fruits, des poules, des patates, du riz, du maïs.

On s'approvisionnait facilement de la sorte. D'ailleurs,
les vivres ne manquaient pas, et, pour faire d'excellents
repas, on n'avait pas besoin de toucher aux réserves.
Aux haltes, Tiénévraotony, toujours infatigable, allait
aux provisions, comme disait Prosper, et rapportait
toujours quelque chose : un dindon sauvage, un petit
cochon, un couple de gros pigeons bleus, des bananes,
des mangoustes, des racines d'ouvirande, mets très
estimé des malgaches, parfois une tortue.

C'était la providence de la caravane.

— Hein ! ai-je bien fait de vous recommander ce gaillard ? disait Prosper.

— Le fait est qu'il nous est très utile.

Tiénévraotony, que les enfants, maintenant familiarisés avec lui, appelaient affectueusement Tony, ne bornait pas ses bons offices, à l'approvisionnement de la table.

Un jour, pendant une halte, le petit François, très accablé par cette chaleur torride, était allé s'étendre au pied d'un arbre magnifique, haut de quatre mètres, qui s'élevait, isolé, au bord d'un frais cours d'eau. Il devait faire bon se reposer à l'ombre de ses larges feuilles d'un vert pâle découpées en fers de sagaie, entremêlées de bouquets de fleurs lilas! Le petit François se disposait à fermer les yeux, quand le Malgache, se précipitant brusquement sur lui, l'enleva dans ses bras et le transporta plus loin.

Croyant que le sauvage enlevait son enfant, M⁰ᵉ Prigent poussa un cri.

Mais déjà Tiénévraotony avait déposé l'enfant à terre.

— Ça tangbin, poison! dit-il, en désignant l'arbre. Jamais dormir sous feuillage à lui.

Et, comme l'enfant protestait, il reprit :

— Tangbin!.. poison!.. oiseaux, bêtes, insectes même, jamais dormir sous lui. Jamais nid dans son feuillage. Arbre maudit, fadi !..

— C'est le tangbin, dit Prosper, un arbre dont l'amande, qui contient un poison violent, était employée dans les épreuves judiciaires. Je ne sais si son ombre est mortelle comme celle de cet arbre de Java, l' « antiar », je crois, dont parlent les voyageurs; mais Tiénévraotony a raison : aucun insecte n'habite son écorce, aucun oiseau ne fait son nid dans son feuillage, aucun papillon ne se pose sur ses fleurs. Cassez une de ses branches et il en découlera un suc visqueux, corrosif comme le vitriol.

M⁰ᵉ Prigent, pâle encore de l'émotion qu'elle venait d'éprouver, embrassait éperdument le petit François.

Le petit François se disposait à fermer les yeux. (page 76)

— Tu ne me quitteras plus, dit-elle.

— Oh ! répondit l'enfant, Tony nous aime bien, il n'a pas voulu me faire de mal, n'est-ce pas Tony ?

— Moi aimer vous, moi veiller sur vous, dit le nègre d'une voix gutturale ; Malgache bon, Hova méchant.

Le soir du sixième jour, on arriva aux abords d'un village d'aspect misérable, mais, contrairement à ce que l'on avait vu jusqu'alors, protégé par une muraille en terre rouge mélangée de pierres.

Ces fortifications rudimentaires paraissaient toutes récentes.

— Diable ! dit Prosper, voilà des retranchements qui ne nous annoncent rien de bon ! Des gens qui ne possèdent rien ne prennent pas tant de précautions pour se garder. Serions-nous tombés dans un repaire de Fahavalos ? Alors il faudra ouvrir l'œil et veiller à nos bagages.

— Si nous allions plus loin ? proposa Prigent.

— Impossible ! les bourgeanes ont fait l'étape et refuseront de marcher. D'ailleurs, du haut de *Ramasse ton bazar*, j'ai aperçu des gens suspects rôdant sur nos flancs et je ne tiens pas à affronter une attaque de nuit.

Les voyageurs pénétrèrent dans le village. Le chef les accueillit avec une grande cordialité et leur offrit sa case. Les habitants étaient de paisibles éleveurs et agriculteurs. Ils apprirent à Prosper que ces fortifications qui l'avaient tant inquiété, étaient élevées contre les Fahavalos. Presque toutes les nuits, en effet, ces bandits couraient la campagne, razziaient les troupeaux, s'introduisaient même dans le village pour enlever des femmes, des enfants.

— Qu'en font-ils ? demanda René.

— Ils les vendent dans l'intérieur de l'île.

— Je croyais l'esclavage aboli ?

— Il n'est pas au pouvoir des Vazas de modifier en un

jour les habitudes et les usages des Malgaches, répondit sentencieusement le chef Aouvary.

Par mesure de précaution, Prosper et Tiénévraotony placèrent des bourgeanes en sentinelles aux abords de la case où avaient été remisés les bagages, et eux-mêmes couchèrent sur les ballots.

La nuit se passa tranquillement, et Prosper, qui n'avait pas fermé l'œil, se disposait à réveiller Tiénévraotony, quand, vers 4 heures, il entendit un cri d'appel, puis le bruit d'une lutte.

Il se hâta de sortir. Un spectacle affreux s'offrit à ses yeux : un bourgeane, étendu sur le sol, un poignard planté dans la poitrine, se tordait dans les dernières convulsions de l'agonie ; à quelques pas de là, quatre autres bourgeanes maintenaient un individu à moitié nu, d'aspect farouche, se débattant en désespéré.

Au même moment arrivèrent Prigent et René, que ce cri et ce bruit de lutte avaient réveillés, puis le chef Aouvary, puis une centaine d'indigènes.

— Que se passe-t-il ? demanda Prigent.

— C'est ce que nous allons savoir en interrogeant les bourgeanes, répondit Prosper.

Il procéda lui-même à l'interrogatoire de celui qui lui parut le plus intelligent.

Traduisons sa réponse :

— Nous étions couchés, à demi endormis, sous un bouquet d'arbres, à quatre pas d'ici, dit le bourgeane, quand, tout à coup, je crus entendre un bruit singulier. Je me levai sur mon séant, et j'aperçus deux hommes qui, à l'aide de leurs poignards, essayaient d'ouvrir la porte de la case.

— Les Fahavalos !.. criai-je pour donner l'éveil à mes camarades.

A ce cri, les deux hommes essayèrent de prendre la fuite. Nous nous élançâmes pour leur barrer le chemin, mais déjà l'un d'eux avait escaladé la muraille et gagné la campagne; l'autre, saisi par un de mes camarades, luttait désespérément. Je me précipitai au secours de mon compagnon. Trop tard, hélas! je le vis soudain ouvrir les bras et tomber à la renverse, le poignard du bandit planté dans sa poitrine.

Nous nous emparâmes de l'assassin, et nous allions le livrer au chef quand vous êtes arrivés.

— C'est bien, dit Prigent, vous avez fait votre devoir et j'aurai soin de la famille de votre compagnon. Quant à cet homme, continua-t-il, en désignant le meurtrier, il appartient au chef qui, seul, a le droit de le juger.

— Faisons un « kabar », répondit Aouvary.

Quand un Malgache dit : « Faisons un kabar », c'est comme si un nègre des côtes du Sénégal disait : « Faisons un palabre ». Dans les kabars, comme dans les palabres, on s'occupe des questions intéressant le village, on décide de la paix ou de la guerre, on rend la justice (1).

Les Fahavalos, voleurs redoutables, assassins, incendiaires, sont la terreur des Malgaches; aussi apprit-on avec joie qu'un de ces redoutables bandits allait être jugé.

— Ils ne le rateront pas, dit Prosper. Son compte est bon.

Le kabar se réunit aussitôt dans la maison servant de tribunal. Le chef et les principaux du village, assistés de quelques sikidis ou prêtres, s'accroupirent sur des nattes au fond de la case. Devant eux, la sagale sacrée, ou sagale de justice que possède chaque village, était fichée en terre.

Le meurtrier fut amené. C'était un bandit très redouté pour ses crimes et son astuce. Il ne pouvait nier, ayant été pris sur le fait. La discussion ne fut pas longue : à l'unanimité, il fut condamné à la peine de mort.

(1) Dans les villes, les kabars étaient de véritables cours de justice. Le souverain, dans les grandes occasions, y envoyait, par ses officiers, sa sagale, toute en argent, qui était comme sa représentation officielle.

6

Les voyageurs avaient assisté au kabar.

— Partons vite, dit Mme Prigent, je ne veux pas voir couler le sang de ce malheureux.

— Son sang est trop vil pour nos sagaies, répondit le chef, à qui Prosper avait demandé de surseoir à l'exécution jusqu'après le départ de la caravane.

— Ils vont l'étrangler ou l'empoisonner, dit René.

— Partons vite, insista Mme Prigent.

Quatre hommes avaient déjà saisi le condamné, qui se laissait faire avec une indifférence stupide.

Il avait perdu, il payait.

Un quart d'heure ap. ès, la caravane quittait le village.

Soudain Prosper, qui marchait en tête sur *Ramasse ton bazar*, tourna bride, et, s'adressant à Tiénévraotony :

— Le terrain est assez large ici, dit-il, fais filer les filanzanes sur la gauche.

— Pourquoi ?

— Viens et regarde…

Il entraîna son ami. A quelque distance de là, il s'arrêta, et, désignant un tamarin gigantesque :

— Vois ce qu'ils en ont fait ! dit-il.

Le condamné, dépouillé de son lamba, était solidement attaché, au moyen de cordes d' « asonpoussé », au tronc du tamarin. Son visage, horriblement convulsé, était devenu de ce gris verdâtre qui est la pâleur chez les nègres ; son corps était agité par d'effroyables convulsions, qui faisaient craquer ses os, menaçaient de faire éclater ses liens.

Sur ses jambes, ses bras, sa poitrine, couraient des centaines de petites bêtes d'un brun rougeâtre assez semblables à des crabes minuscules : c'étaient des araignées d'une espèce particulière à Madagascar, les hideuses « fokas », qui vivent sous terre, dans l'écorce pourrie des vieux arbres, et dont la morsure empoisonnée est mortelle.

— Ils ont bien dit qu'ils ne verseraient pas son sang ! murmura Tiénévraotony, qui considérait ce spectacle écœurant avec ce calme, ce stoïcisme, que les noirs affectent devant les tortures et les supplices ; ils l'ont livré en pâture aux fokas.

— Résistera-t-il longtemps ?

— Son agonie ne fait que commencer : il en a pour plusieurs heures encore.

— C'est horrible ! murmura Prosper, qui se sentait défaillir. Le misérable a tué : qu'on le tue, mais que l'on ne le torture pas !.. Partons vite ! que M⁻ Prigent et les enfants ne passent pas par ici.

Sans discuter cet ordre qu'il trouvait ridicule, la vue d'un ennemi agonisant ne pouvant, selon lui, être que très agréable, Tiénévraotony laissa filer les porteurs de bagages, et, sous un prétexte quelconque, fit passer les filanzanes à bonne distance du lieu du supplice.

— Ouf ! murmura Prosper, le mauvais pas est passé.

Et, fouettant *Ramasse ton bazar*, qui trottait fort gentiment pour un vieux mulet, il alla reprendre sa place à la tête de la caravane.

Nous nous reverrons, Monsieur ! (page 93)

IX. — Où il est montré qu'au lieu d'un seul, l'oncle François avait deux héritiers.

Nous ne suivrons pas nos amis jour par jour dans cette longue promenade de quelques semaines à travers un pays perdu.

Déjà ils étaient dans l'Ankove, ou Emerina, aux vastes plateaux habités par les Hovas, bien différents des honnêtes et paisibles Sakalaves et Betsimimaracs de la côte. Ici les villages étaient plus nombreux, plus peuplés, le commerce et l'industrie plus prospères. Mais, par contre, les mœurs paraissaient plus relâchées : la présence des méthodistes anglais, avec leurs temples, leurs écoles dans tous les centres un peu importants, n'empêchait pas les Hovas de se montrer ivrognes, débauchés, voleurs, sans foi ni loi.

— Le premier soin du gouvernement français, disait

Prigent, devrait être de protéger, d'encourager les missionnaires français qui, seuls, pourraient combattre la redoutable influence des méthodistes anglais. Partout où passent les protestants, c'est l'esprit anglais qui domine. Les leçons de l'expérience auraient dû nous ouvrir les yeux : ici, comme dans toutes nos colonies, hélas ! il semble que nous travaillions uniquement pour la reine d'Angleterre.

— Ce qui n'est pas plus agréable que de travailler pour le roi de Prusse, répondit Prosper. Je les ai vus à l'œuvre, ces bons méthodistes, la bible dans une main, un bâton dans l'autre A les entendre, la France n'existerait plus, il n'y aurait que des Anglais sur la machine ronde.

— Nous avons pourtant montré aux Hovas que nous existions, dit René en souriant, et je crois que la démonstration n'a pas été de leur goût.

— J'étais là, j'ai fait toute la campagne.

— Vous nous la raconterez, Monsieur Prosper, dirent les enfants.

— Oui, et ce sera une page d'histoire soignée; mais plus tard. Pour le moment, contentons-nous de surveiller nos bagages, car je connais un proverbe qui dit qu'il n'y a rien de plus voleur qu'un Hova.

Ces conversations avaient lieu pendant les haltes; car, en route, il était impossible de marcher deux de front, à plus forte raison de causer.

En traversant les villages bien peuplés, nos amis virent les marchés ou *bazars*, se tenant à jour fixe, en plein air, car le Hova ne connaît pas la boutique; il s'installe avec ses marchandises sur une place, et là, il attend le client, à l'abri sous un léger toit de feuilles de ravenala ou d'écorce tressée.

Les marchés sont bien fournis en produits du pays : régimes de bananes, manioc, maïs, riz, moëlle de sagou, patates douces, cannes à sucre, ananas, melons, oranges, raisins, selon la saison ; en gibier d'eau, bœuf, veau, mouton, porc, volaille, œufs, poisson, huitres, etc.

A côté de ces productions naturelles, se trouvaient les produits de l'industrie : instruments aratoires, outils, armes fabriquées avec le fer indigène très abondant dans certaines régions ; poteries grossières, vaisselle en bois, chapeaux de paille de riz, étoffes de toutes natures, lambas de luxe ou châles carrés tissés avec la soie d'un ver vivant sur les arbres et dont les cocons donnent un fil très solide, etc.

Les Malgaches ne connaissent d'autre monnaie que la piastre valant cinq francs. Comme ils ne se servent pas de pièces divisionnaires, suivant les besoins des transactions, ils fractionnent à grands coups de hache ces piastres en deux, quatre, huit, douze parties, souvent plus, et, pour déterminer la valeur de ces fractions, ils les pèsent dans de petites balances de précision.

On ne rencontre pas un commerçant hova sans ses balances.

— C'est du Hova que l'on pourrait dire qu'il couperait un liard en quatre, faisait observer Prosper.

Tous ces objets se vendent presque pour rien. La vie n'est pas chère à Madagascar, quand on se contente des produits du pays. Dans les campagnes, on avait un bœuf pour trois ou quatre piastres, et plusieurs fois Prigent paya à ses bourgeanes le luxe d'un zébu sur pied, qu'ils abattaient et faisaient rôtir dans sa peau à l'instar des anciens boucaniers. Ce qui coûte le plus, ce sont les objets d'importation, grevés de lourds frais de transport, de taxes de douane.

Le jour où les ouvriers malgaches, tisseurs, forgerons, ébénistes, auront des ateliers, des outils, des métiers, des machines, dit Prigent à ses amis, ils produiront vite et à un bon marché étonnant. Mais il faudra les diriger dans les premiers temps. Quelle ressource pour ceux de nos bons ouvriers, de nos contremaîtres instruits, qui voudront bien quitter la vieille France, où toutes les industries sont encombrées, pour venir s'installer dans ce pays neuf qui est encore la Patrie!..

— Sans parler des ouvriers agricoles, ajouta René. Tous les essais tentés pour acclimater nos cultures d'Europe ont parfaitement réussi. Nous aurons aussi bientôt le café de Madagascar, qui vaudra le café de Bourbon; la vigne, quand on voudra se donner la peine de la cultiver sérieusement, donnera des résultats aussi satisfaisants qu'en Algérie, ce qui n'est pas peu dire.

— Toutes ces richesses du sol sont, à mes yeux, bien supérieures aux richesses du sous-sol, or ou argent, dit Prigent. J'en excepte cependant la houille, ce « pain de l'industrie » qui va s'épuisant de jour en jour dans notre chère Europe.

— Et ici, observa Prosper, nos mineurs malgaches ne se mettront pas en grève.

— Qui sait? répartit René en souriant. Mais, continuat-il, laissons cela; bien qu'il s'agisse de houille en l'espèce, le terrain social me semble trop brûlant.

Dans les villages qu'ils traversaient, nos voyageurs s'informaient de la situation exacte de Voavazala. La propriété de l'oncle François, le riche Vaza, comme on l'appelait, était connue et les renseignements n'étaient pas difficiles à recueillir. D'ailleurs, à mesure qu'ils approchaient de Tananarive, qu'ils devaient laisser au nord pour descendre plus au sud, nos amis rencontraient de petits postes des secteurs installés par le général Galliéni, gouverneur général de Madagascar, pour maintenir les Hovas en respect, veiller à la bonne administration de la justice.

L'existence de nos soldats, sur ces hauts plateaux, n'était pas oisive, comme on pourrait le croire. Les officiers s'occupaient de relever la configuration exacte du terrain, de fixer la situation des villages, de reconnaître les passages les plus importants. Les hommes surveillaient la construction des routes. On parlait même de l'établissement, à bref délai, d'une voie ferrée pour laquelle la jeune colonie demanderait des subsides à la métropole ou l'autorisation de contracter un emprunt (1).

— Un emprunt ?.. déjà ! disait René.

Ces rencontres avec des compatriotes étaient de réelles bonnes fortunes pour nos voyageurs qui trouvaient ainsi l'occasion de parler de cette patrie toujours aimée, mais que l'on n'apprécie jamais autant que dans ces pays perdus.

Un soir, le quatorzième jour, après leur départ de la côte, nos amis venaient de parvenir au sommet d'un haut plateau, quand, soudain, Tiénévraotony, indiquant d'un geste large une immense vallée s'étendant au-dessous d'eux, s'écria :

— Voavazala !..

Nos amis étaient arrivés au terme de leur long voyage.

— Dieu soit béni ! s'écria M⁰⁰ Prigent. Nous sommes arrivés sans accident.

— Je vois la maison, dit Charles, en sautant à bas de sa filanzane. Papa ! laissez-moi aller en avant.

Mais, au même moment, presque sans transition, l'ombre s'étendit comme un vaste rideau sur la vallée ; maison et plantation disparurent aux regards des voyageurs.

C'était la nuit tropicale sans coucher de soleil, presque sans crépuscule.

(1) Sans parler de la route de Majunga à Tananarive, ouverte en partie par nos soldats pendant la campagne de 1895, on construit actuellement une nouvelle route de Tamatave à Tananarive, et un canal, dont 80 kilomètres sur 100 sont déjà achevés. Il part de Tamatave et aboutit au point où se trouvera la future gare du futur chemin de fer.

— Faudra-t-il camper ici, à l'entrée de la Terre promise? demanda Prigent.

— Non, répondit Prosper. Les bourgeanes, assurés de se reposer demain et les jours suivants, marcheront malgré la nuit.

Il donna ses ordres à Tiénévraotony. Bientôt les nègres, avec les cannes à sucre qu'ils récoltaient le long des routes pour en faire du betsa-besse, eurent confectionné des torches, et ce fut à la lueur de ces flambeaux primitifs, éclairant de reflets fantastiques les défilés des rochers, que la caravane se remit en marche.

Elle ne tarda pas à déboucher dans la plaine et se dirigea vers la ferme que l'on ne voyait plus, mais dont Tiénévraotony, avec son flair de sauvage, avait relevé la position.

Les cultures, que l'on traversait, indiquaient d'ailleurs que l'on était dans la bonne voie; après une heure de marche, les filanzanes s'arrêtaient devant une solide porte en bois de teck, boulonnée de clous à grosses têtes, comme une porte de prison, et donnant accès dans la cour de la ferme.

Cette porte était fermée; pas de sonnette naturellement, ce luxe étant complètement inconnu sur les hauts plateaux de l'Emyrne.

— Frappons et on nous ouvrira, dit René.

Ils heurtèrent la porte des crosses de leurs fusils. On entendit alors de furieux aboiements; puis, au bout d'un quart d'heure, qui parut aussi long qu'un siècle, une voix demanda, en malgache d'abord, en anglais ensuite :

— Qui êtes-vous, vous qui venez troubler le repos d'un honnête homme?

René, qui savait suffisamment l'anglais, répondit dans cette langue :

— Nous sommes les parents de M. François Prigent.

— Monsieur François Prigent est mort!

— Nous sommes ses héritiers.

— Monsieur Prigent n'a laissé d'héritiers autres que moi.

— Que dit cet homme? demanda Prigent, qui ne comprenait pas, mais que toutes ces lenteurs inquiétaient.

— Cet homme, répondit René, dit qu'il est le seul héritier de votre oncle François.

— C'est faux !.. s'écria Prigent. Monsieur, continua-t-il, en élevant la voix, sans penser que l'homme resté derrière la porte ne le comprendrait peut-être pas, qui que vous soyez, une explication est nécessaire entre nous. Vous ne pouvez nous fermer votre porte, sachant qui nous sommes.

— Mon intention, en effet, n'est pas de laisser dehors les parents vrais ou supposés de mon excellent maître et cher bienfaiteur, dit Curry, car c'était lui, en très bon français cette fois.

Et, se penchant à l'oreille de Bob Thorps qui l'accompagnait :

— Ce que je craignais est arrivé, dit-il : le vieux, malgré notre surveillance, a réussi à faire passer un testament en France.

— Par Vigouroux sans doute. Qu'importe! la justice n'a-t-elle pas reconnu nos droits.

— Une enquête peut démontrer le faux. Que faire?

— Ouvrir, répondit Bob, qui était de bon conseil quand il n'avait pas trop bu. Il vaut mieux, s'il y a danger, l'affronter en face.

Pendant cette conversation à voix basse, Joë Curry et son complice avaient enlevé les barres de fer, fait jouer les énormes serrures qui fermaient la porte.

A l'entrée des voyageurs, cinq ou six molosses monstrueux, de cette race que les planteurs de Bourbon et Maurice dressaient autrefois à chasser l'esclave marron, aboyèrent en montrant les dents.

— Paix, mâtins ! dit Joë Curry.

Puis, s'adressant aux serviteurs blancs, mulâtres, nègres, se tenant derrière lui :

— Que l'on conduise les bourgeoises au village, dit-il. Vous, madame, vous, messieurs, daignez me suivre.

Et, fier comme un souverain, escorté de Bob, de ses domestiques portant des flambeaux, il marcha devant ses hôtes pour leur montrer le chemin, les introduisit dans un vaste salon meublé à l'européenne, occupant tout le rez-de-chaussée, avec la salle à manger, l'office, les cuisines.

— Je vais donner des ordres pour votre installation, dit-il.

Prigent l'arrêta d'un geste.

— Avant d'accepter ou de refuser votre hospitalité, dit-il d'une voix qu'il s'efforçait de rendre calme et assurée, bien que son sang bouillonnât dans ses veines, je désire une explication. Vous me la devez. Je suis Charles Prigent, neveu de M. François Prigent, propriétaire de ce domaine dont, par acte déposé en l'étude de M° Noël, notaire à Paris — vous voyez que je précise — il m'a institué légataire. Qu'avez-vous à répondre ?

— Ceci, répondit Joë Curry, qui ne semblait se contenir qu'à grande peine : M. Prigent est mort dans la nuit du 28 au 29 avril dernier. Le lendemain de sa mort, l'officier commandant le secteur de Rasinavoma, faisant fonctions de juge de paix, a apposé les scellés sur tous les meubles. Ces scellés ont été enlevés dans les délais légaux, et, dans le coffre-fort qu'il a fallu forcer, car nul n'en connaissait le secret, on a découvert un testament écrit en entier de la main du défunt, signé de lui, daté du 25 mars dernier — à mon tour je précise — dans lequel il m'instituait son légataire universel. Procès-verbal de la découverte a été dressé, et j'ai été immédiatement mis en possession.

— Mais le testament déposé en l'étude de M° Noël? objecta Prigent?

— S'il est postérieur comme date à celui qui m'institue légataire, je suis prêt à m'incliner, dit froidement Curry.

Hélas! Prigent savait que le testament, déposé en l'étude de M° Noël, avait plus d'un an de date.

— C'est bien, murmura-t-il. Je ne veux pas vous accuser sans preuve; mais j'entrevois une captation, pis peut-être.

— Voilà des paroles que les tribunaux pourraient apprécier sévèrement, dit Curry avec impudence.

— Après ce qui vient de se passer, continua Prigent, vous devez comprendre que nous ne pouvons demeurer plus longtemps sous ce toit. Nous trouverons bien dans la plaine quelque village où l'on ne nous refusera pas l'hospitalité.

— Vous êtes à plus de trois étapes de Tananarive, dit Curry avec un sourire ironique.

— Qu'importe! répondit Prigent.

Et, saluant légèrement, il se dirigea vers la porte, en disant :

— Nous nous reverrons, Monsieur Joë Curry!

— Je ne le souhaite pas pour vous, Monsieur Charles Prigent... répondit le mulâtre, chez qui l'insolence reprenait le dessus.

Les bourgeanes étaient encore dans la cour; ils n'avaient pas voulu s'éloigner sans un ordre exprès de Prosper.

Celui-ci, en passant à côté de Prigent, murmura rapidement :

— Cette maison a dû être le théâtre d'un drame. Tout ici respire la fausseté, l'hypocrisie. Un crime aurait été commis que cela ne m'étonnerait pas. Filez sur Tananarive. Moi, je vais essayer de me faire embaucher ici pour me renseigner, me documenter.

— Vous risquez gros jeu...

— Bah ! qui risque rien n'a rien.

Et à Tiénévraotany :

— Je te confie *Ramasse ton bazar*, dont je n'aurai pas besoin ici : soigne-le bien.

— Compte sur moi, répondit le Malgache.

— Dépouillé, chassé !. et ne pouvoir démasquer cet homme, faussaire, assassin peut-être ! disait Prigent à sa femme.

— Du calme, mon ami ! Il y a une justice ici-bas, il y en a aussi une là Haut, répondit Mᵐᵉ Prigent. Mettons notre confiance en Dieu ; elle ne sera pas trompée.

Pendant ce temps, Bob disait à Curry :

— Nous aurions dû nous défaire de ces gens.

— J'y ai pensé ; mais ils étaient sept Européens, et sept personnes, sept blancs surtout, ne disparaissent pas sans laisser de traces. Mais, sois tranquille, j'aurais mon tour ! Je hais déjà cet homme qui s'est présenté ici la menace à la bouche. Nous nous reverrons, as-tu dit, Français maudit ? Oui, nous nous reverrons, et ce sera pour ton malheur. Tu veux la guerre ? Soit ! Bataille ! je suis prêt...

Aujourd'hui Tananarive est une ville véritable. (page 95)

X. — A TANANARIVE. — LES TRIBULATIONS D'UN HÉRITIER.

Tananarive ou Antanarivo (1), bâtie au sommet du plateau central de l'Emyrne, à 1.300 mètres d'altitude environ, par Andrian-Ampoumina, père de Radama le Grand, ne fut à l'origine qu'un village militaire, une résidence temporaire, où le prince barbare venait chasser, oublier les soucis du pouvoir au milieu de ses femmes, de sa cour d'« andrianos » (2), de « vounanihitros » (3).

Radama le Grand comprit l'importance de cette ville à peine ébauchée, dominant tout l'Emyrne, à proximité du grand fleuve l'Iklopa, et résolut d'en faire sa capitale.

Aujourd'hui, Tananarive est une ville véritable, peu-

(1) Harrive-Tanan, la ville aux mille villages.
(2) Princes.
(3) Nobles.

plée de près de cent mille âmes, descendant de la colline dans la plaine, qu'elle a complètement envahie.

De loin, Tananarive, avec ses monuments, ses temples protestants, sa belle cathédrale catholique, ses maisons étagées, comme suspendues au flanc de la colline, dégringolant dans la plaine, où elles s'éparpillent en nombreux quartiers, séparés les uns des autres, apparaît comme un décor de féerie dans cette atmosphère transparente, qui rapproche les objets, sous ce soleil radieux, qui fait étinceler les toitures métalliques du Palais d'argent, du somptueux Souanié de la reine.

De près, c'est un entassement de cases en briques rouges ou en bois, simplement couvertes en feuilles de ravenala ou en papyrus, bâties sur des terrasses artificielles, et séparées les unes des autres par des murs de pierre sèche ou d'argile entourant les jardins.

Les rues sont sales, étroites, grimpent le long de la colline, véritables casse-cou, où une voiture ne pourrait jamais s'aventurer. Seule la voie conduisant au palais de la reine et traversant la place d'Aniahalo, où se tient un bazar ou marché permanent, est praticable; encore est-elle mal tenue, pleine de trous et de fondrières.

Mais, au sommet du plateau, l'aspect change : c'est d'abord le grand palais de la reine, ou «Maridra Kamiade», tout en bois, avec ses galeries à jour, ses mille colonnes, ses hauts pavillons, sa toiture gigantesque en forme de dôme, que surmonte la reproduction en bronze doré de l'oiseau royal; ce sont ensuite le Palais d'argent, dont la toiture est ornée de clous en argent; le palais Souanié avec ses trois cents mètres de balcon; puis, enfin, les palais des princes et princesses et des grands officiers.

L'occupation française, nous n'avons pas besoin d'insister sur ce détail, a quelque peu modifié cet aspect : les maisons européennes sont plus nombreuses, le drapeau aux trois couleurs a remplacé, au faîte des monuments, le pavillon hova, blanc, bordé de rouge, avec, au centre, une couronne royale, deux fers de sagaie et les initiales R. M. : Ranavalo Manjanka.

Les missions catholiques possèdent, à Tananarive, une merveilleuse cathédrale construite entièrement en pierre; les Anglais ont élevé quatre temples et un collège où ils instruisent les fils des nobles hovas.

Cette suprématie des Anglais touche aujourd'hui à sa fin, grâce à l'intelligente administration des résidants généraux.

Tananarive n'aura jamais une grande importance commerciale; toute l'activité de nos commerçants se centralisant à Tamatave et à Majunga, mais elle restera le grand centre militaire, administratif et judiciaire de l'île.

Depuis la conquête, nous avons eu à lutter contre une foule de chefs, se disant indépendants. La tranquillité règne aujourd'hui et sera complète le jour où nous aurons achevé le réseau de routes actuellement en construction, où le chemin de fer, ce grand facteur de la civilisation, reliera Tananarive à Majunga et à Tamatave.

Les peuplades des côtes reconnaissent notre autorité depuis longtemps déjà; les Hovas sachant faire la différence entre le gouvernement tyrannique de leurs anciens rois, et l'administration sage, égalitaire de la France, qui a définitivement aboli l'odieuse corvée, diminué les impôts, s'efforce de faire régner partout le calme et la prospérité, viendront forcément à nous, se confondront avec nous.

L'uniforme en impose d'ailleurs aux Hovas.

Avant la conquête, tous les nobles s'affublaient de costumes extravagants, paraissant empruntés au domaine de l'opérette, dorés sur toutes les coutures, où dominait le rouge, couleur chère aux Anglais. C'était une véritable débauche de plumes, d'épaulettes, d'aiguillettes, de grands cordons, de décorations, de boîtes à l'écuyère, dans un

7

pays où le cheval était inconnu. Aujourd'hui que l'armée
hova n'existe plus, ou plutôt est transformée en une
sorte de milice civile sur le modèle de nos milices du
Tonkin et du Dahomey, cette folie de l'uniforme ne sévit
plus, et les grands personnages se contentent de la redingote et du chapeau haut de forme, pour lequel ils ont un
culte véritable.

Les classes sont nettement séparées à Madagascar; il y
a l'esclave, le porteur, le paysan, l'ouvrier, le marchand;
au-dessus, le noble ou *honneur*, qui fait précéder son
nom du « ra » remplaçant ici la particule. Les *honneurs*
vont de la première à la seizième classe, la dix-septième
étant réservée aux princes du sang. Les premiers honneurs sont au bas de l'échelle nobiliaire, les dix-septièmes
au sommet, ce qui avait fait dire à Prosper Ridard que,
chez les Hovas, les derniers sont véritablement les premiers.

En quittant la ferme de l'oncle François dans les conditions que l'on sait, Prigent avait décidé de se rendre à
Tananarive.

— Je suis persuadé, dit-il à René, que ce mulâtre maudit n'est qu'un faussaire, et, coûte que coûte, je suis décidé
à le démasquer. L'oncle François ne pouvait songer à
nous déshériter, il nous aimait trop pour cela. D'ailleurs
sa lettre à M⁰ Noël, lettre que j'ai heureusement conservée, les cinq cent mille francs versés à ce notaire indiquaient bien son intention de nous laisser sa fortune.

— Je suis entièrement de votre avis, répondit René.
Ou votre oncle a été séquestré, intimidé par ce bandit ou
le testament est faux. D'une part comme de l'autre, il y a
matière à procès.

— Mais ces cinq cent mille francs, dont nous avons dis-
posé en partie, ne devront-ils pas faire retour à la succession? demanda M⁰⁰ Prigent.

— Non pas! dit vivement René. Cet argent a été envoyé à M⁰ Noël du vivant de M. Prigent, bien avant le prétendu testament invoqué par Joë Curry; c'est un don sur la légitimité duquel, quoi qu'il arrive, le mulâtre ne peut élever aucune prétention. Que votre conscience se rassure, cet argent vous était bien destiné, était bien à vous.

— Quelle ligne de conduite adopter? dit encore M⁰ᵉ Prigent.

— Nous adresser aux tribunaux. Il y a des juges à Madagascar comme en France; ils sauront bien débrouiller cette mystérieuse affaire.

— Mais, en attendant?

— En attendant, nous nous fixerons à Tananarive. Il nous reste une centaine de mille francs; c'est plus que suffisant pour subvenir aux frais d'un procès, et vivre un an. Si, dans un an, justice ne nous est pas rendue, si le mulâtre parvient à établir ses droits, eh bien, nous verrons à nous tourner d'un autre côté. L'oncle François n'avait presque rien quand il s'est établi ici, et, en trois ans, il a fait fortune; nous tâcherons de l'imiter.

Les choses ainsi convenues, Prigent pressa le départ, et, le troisième jour, la caravane faisait son entrée dans Tananarive.

Prigent descendit avec sa famille dans un hôtel tenu par un Français; son premier soin fut de payer et de congédier, avec une bonne gratification, ses bourgeanes; mais, à sa grande surprise, Tiénévraotony refusa son salaire.

— Je ne me considère pas comme dégagé envers vous, tant que Prosper ne sera pas revenu, dit-il. C'est avec lui que j'ai quitté Tamatave. C'est avec lui que j'y retournerai.

— Tu crois donc qu'il nous rejoindra?

— J'en suis sûr. Mon fatidrah est un homme : s'il est resté là-bas, c'est qu'il a son idée.

— Au fait, dit René, nous avions presque oublié ce garçon.

— Quel service peut-il nous rendre? Il ne connaît de nos affaires que ce que nous avons bien voulu lui confier.

— Et ce qu'il a entendu à la ferme. Il devinera le reste. J'ai confiance en lui : il est dévoué, débrouillard, il trouvera quelque chose.

— Dieu vous entende, René, dit Mme Prigent.

Le lendemain, Prigent avait loué au bas de la ville, presque sur le bord du fleuve Ikiopa, une grande case perdue dans un immense jardin; il la fit diviser en plusieurs pièces au moyen de cloisons en planches, la meubla simplement, engagea deux serviteurs, et, deux jours après, toute la famille, y compris René, était installée chez elle.

Prigent s'occupa immédiatement de faire les démarches nécessaires pour établir ses droits à la succession de l'oncle François. Il s'adressa successivement au Président du tribunal, au Juge d'instruction, au Procureur de la République. Partout il reçut un accueil aussi poli que froid : les droits du mulâtre, héritier en vertu d'un testament postérieur comme date à celui qui était déposé chez Me Noël, paraissaient inattaquables.

— Mais ce testament est faux, j'en ai la certitude, disait Prigent.

— C'est ce qu'il faudrait prouver, répondaient les gens de justice. Jusqu'à ce moment, rien n'autorise une pareille supposition. Ce Joë Curry paraît très recommandable; il fait beaucoup de bien et il est très estimé de la colonie anglaise.

— Tandis que moi, je suis inconnu ici! fit Prigent amèrement.

— Déposez une plainte; saisissez la justice qui, en

l'espèce, ne peut poursuivre d'office; demandez une expertise.

— Je le ferai, dit Prigent résolument.

Les jours s'écoulaient tristes au milieu de ces tribulations. Tandis que Mme Prigent s'occupait des soins du ménage, que René continuait l'éducation des enfants, Prigent multipliait les démarches, écrivait lettre sur lettre à Me Noël, visitait les agents d'affaires qui remplacent les avocats et les avoués, se heurtait chaque jour à de nouvelles difficultés.

Si l'action de la justice est lente en France où les tribunaux fonctionnent admirablement, on doit juger des longueurs que coûte la moindre affaire dans ces pays neufs, où l'organisation judiciaire est à l'état d'ébauche.

Prigent avait encore à défendre sa bourse contre les tentatives intéressées de chevaliers d'industrie, d'aventuriers, qui, le croyant riche, essayaient de l'exploiter en lui racontant, sur Joë Curry, des histoires à dormir debout.

Néanmoins, il était plein de confiance.

— Ma cause est juste, disait-il, je triompherai.

On ne parlait que de lui dans la société européenne, et cette quasi célébrité le servit en ce sens qu'elle fit connaître sa présence, à Tananarive, aux anciens amis de l'oncle François.

Parmi ceux-ci était M. Vigouroux, dont il a été parlé au cours de ce récit.

Il se présenta chez Prigent, dont l'adresse était connue de tous; et, après s'être fait connaître, il se mit à l'entière disposition du neveu de son vieil ami.

— Je connaissais Prigent depuis son arrivée ici, dit-il, et j'allais même passer des semaines entières à la ferme, où j'avais ma chambre près de la sienne.

— Vous connaissiez ses projets? demanda Prigent.

— Il n'avait rien de caché pour moi. Je savais son intention de vous laisser sa fortune, et c'est moi qui, ainsi qu'il m'en avait plusieurs fois prié, ai prévenu Mʳ Noël de sa mort.

— Et vous n'avez pas été surpris de le voir me déshériter au profit de son régisseur?

— D'autant plus surpris que j'ai appris brusquement la mort de mon vieil ami, dont j'ignorais la maladie. Cette mort soudaine a même éveillé en moi certains soupçons. J'ai voulu savoir, j'ai fait une enquête discrète, mais tout paraissait en règle et le tribunal a déclaré le testament valable.

— Votre opinion sur ce Joë Curry?

— Détestable. Cet homme m'a toujours inspiré une insurmontable répulsion.

— Le croyez-vous capable d'un faux?

— Je le crois capable de tout.

— Au besoin, vous témoigneriez en ma faveur?

— Je dirai la vérité. Vous êtes décidé à agir?

— Aussitôt que j'aurai reçu les lettres que j'attends de France.

— Comptez sur mon concours le plus dévoué.

Les lettres de Tananarive, passant par Majunga, mettent près d'un mois à parvenir en France ; il ne fallait donc pas compter d'ici deux mois au moins sur une réponse de Mʳ Noël.

Prigent mit ce temps à profit pour essayer d'obtenir des renseignements sur Joë Curry.

Mais celui-ci était peu connu à Tananarive, où il ne venait que très rarement. Cependant les personnes en relation avec lui le représentaient comme un parfait gentleman, membre de plusieurs sociétés charitables. On lui prêtait même l'intention de faire bâtir un temple sur ses domaines et d'engager un pasteur pour instruire ses serviteurs et leurs familles.

— Du moment qu'il construit un temple, il n'y a rien à dire contre lui, fit René. Sous prétexte de civiliser ses nègres, il nous combattra et on trouvera cela tout naturel. Décidément, ce Joë est plus fort que je ne le pensais : je le croyais simple coquin, et je m'aperçois que c'est un coquin doublé d'un hypocrite.

Un soir, que toute la famille était à table, on frappa à la porte.

Tiénévraotony, qui se tenait dans un coin de la salle à manger, silencieux, suivant son habitude, se leva vivement et courut ouvrir.

— C'est moi ! dit une voix joyeuse. Bonsoir Monsieur, Madame et la société !

— Prosper ! exclama Prigent.

— Oui, Prosper ! Il n'était pas perdu, je suppose.

— Vous apportez du nouveau ?

— Et du chouette ! Votre Joë Curry — quand je dis : votre, c'est une façon de parler — est une jolie canaille ! Il a empoisonné votre oncle et fabriqué un faux testament...

— Vous en avez la preuve ?

— La preuve que le testament était faux ? Oui, je l'ai, dit Prosper, en agitant une liasse de papiers. Quant à l'empoisonnement, dame, je n'ai que des présomptions que l'autopsie confirmera, si vous êtes obligé d'en arriver là. Mais, continua-t-il, je marche depuis trente heures et je défaille littéralement de fatigue et de faim.

— Mettez-vous là, dit René, en lui offrant sa place et tout en mangeant...

— Je vous raconterai l'histoire ? Soit. Mais faites sortir les domestiques, une indiscrétion pourrait tout perdre et je n'ai pas besoin que tout le monde sache que j'ai fouillé un coffre-fort et escaladé une muraille...

C'étaient les essais du faussaire. (page 113)

XI. — Où Prosper Ridard roula proprement Bob Thorps et ce qui s'en suivit.

Après la sortie si digne de Prigent et des siens, Joë Curry et Bob Thorps, un moment atterrés, avaient relevé la tête.

Comme nous l'avons dit, ils étaient résolus à accepter la lutte.

— Tu veux la guerre, français orgueilleux? tu l'auras!.. s'était écrié Joë Curry.

— Bataille! avait ajouté Bob Thorps.

Puis, après un moment de silence, celui-ci reprit :

— Allons fermer la porte, et revenons vider une bonne bouteille de rhum; c'est en buvant que les bonnes idées me viennent.

— Soit! dit Joë.

Ils sortirent, et allaient pousser les barres et fermer les

énormes serrures de la porte, quand ils aperçurent un homme qui, les mains dans les poches, se promenait tranquillement en sifflotant un air de chasse.

Joë arma son revolver.

— Rentrez ce joujou, dit l'homme, je ne suis pas un voleur.

— C'est un de la bande, fit Bob. Que fais-tu ici? Pourquoi n'es-tu pas parti avec les autres?

— Les autres?.. Je m'en moque! Ils m'avaient engagé pour les accompagner à Voavazala; mais, comme ils n'y restent pas, bonsoir, la compagnie!..

— Tu perds ton salaire.

— Oh! je suis payé d'avance.

— Que veux-tu alors?

— Que vous m'embauchiez, si la chose est possible.

— C'est un espion! murmura Bob à l'oreille de Joë. Si je lui cassais la tête?..

— Non pas! un meurtre brutal pourrait compromettre nos affaires. D'ailleurs, si c'est un espion, mieux vaut le garder ici, le surveiller. Il sera toujours temps de nous en débarrasser, quand nous aurons lu dans son jeu.

— Fais comme tu l'entendras, grogna Bob.

Ceci avait été dit en anglais, et à voix basse, pour plus de prudence.

Prosper, car on a reconnu notre Montmartrois, continuait de siffler pendant ce colloque.

— Que sais-tu faire? interrogea Joë.

— Tout! répondit Prosper sans se démonter. Ancien militaire, je conduirai vos hommes tambour battant; je serai votre boucher, votre cuisinier, votre sommelier, votre garde-champêtre, votre *factotum* en un mot. Vous ne comprenez pas? C'est du français, pourtant, du pur français de Montmartre...

— Si, je comprends, dit Joë. Vous avez besoin de gagner votre vie... eh bien, je vous accepte et verrai demain ce que l'on pourra faire de vous. Pour aujourd'hui, votre dignité voudra bien condescendre à partager l'appartement des domestiques.

— Oh ! je ne suis pas difficile, répondit Prosper simplement.

Et, tout en suivant les deux hommes, il murmurait :

— Tu te défies de moi, mon gaillard, tu m'as deviné... mais je ne suis pas une bête non plus, et nous verrons bien lequel roulera l'autre.

Et il se laissa conduire dans le petit bâtiment, situé auprès des écuries, réservé au personnel de la ferme.

— Tu as eu tort, je le répète, d'accueillir cet homme, disait Bob, tandis que, la pipe aux lèvres, les deux complices dégustaient le vieux rhum de l'oncle François. C'est un espion...

— Naïf ! est-ce que nous allons le prendre pour confident ? C'est un espion, dis-tu ? Je le crois aussi : raison de plus pour le laisser libre — en apparence, car nous le surveillerons — d'aller, de venir, d'écouter, d'interroger. Que découvrira-t-il ? Rien. Il faudra bien alors qu'il retourne auprès de ses maîtres et leur raconter qu'il n'a rien vu, rien entendu, rien surpris de suspect...

— Tiens, veux-tu mon idée, vieux Joë ? Eh bien, la vie que nous menons est absurde. Nous avons de l'or plein nos coffres, une propriété qui vaut un million, maintenant qu'elle est en pleine prospérité, et nous vivons comme des sauvages sans autres distractions que la table, la pipe et la bouteille. Pourquoi ne pas vendre la baraque, filer en Amérique, en Europe, où nous pourrions, grâce à notre fortune, jouir enfin de la vie ?

Jouir de la vie, pour Bob, c'était se couvrir de bijoux comme un marchand de cochons de Chicago, s'enivrer du matin au soir, se vautrer dans l'orgie crapuleuse.

Les deux compagnons étaient d'ailleurs faits pour se comprendre; Bob Thorps, âgé de trente-cinq ans, était

un ancien colon ruiné par ses vices, et Joë Curry, plus
âgé de cinq ans, ne lui cédait en rien. Fils d'un esclave,
mais devenu libre par suite de l'abolition de l'esclavage,
il avait fait tous les métiers, même la traite clandestine.
Tous deux avaient quitté Maurice à la suite d'une série de
méfaits qui, s'ils avaient été pris, les eût conduits droit à
la potence. Réfugiés à Madagascar, ils avaient été engagés
par l'oncle François, bien obligé d'employer des Anglais,
les immigrants français étant très rares dans la Grande île.

Cependant, Joë était bien supérieur à son complice;
instruit, grâce aux libéralités de ses anciens maîtres, parlant l'anglais, le français, le malgache, il affectait un exté-
rieur honnête, et savait parfaitement calculer la portée
d'une bonne action. Depuis qu'il était maître du domaine
de l'oncle François, il faisait montre d'un grand amour
pour les déshérités; puis, d'une piété profonde; il parlait d'élever un temple sur ses terres et d'entretenir un
pasteur pour instruire, moraliser ses nombreux serviteurs.

Tout cela n'était qu'hypocrisie pure; mais tout cela devait lui donner la réputation d'un honnête homme, d'un
bon maître, et c'était à quoi il visait.

— Tu as raison, dit-il à Bob, mieux vaudrait vendre et
aller vivre en Europe, où notre fortune nous permettrait de
tenir un certain rang. Mais plus tard; une vente précipi-
tée, coïncidant avec l'arrivée de ce Français maudit, pourrait donner naissance à des bruits malveillants, et il ne
faudrait pas que l'on fouillât dans notre passé: Maurice
n'est pas si éloigné de Madagascar que la vérité ne se
puisse découvrir!

Un grognement lui répondit : Bob, pendant ce dis-
cours, avait roulé sous la table, où il cuvait son rhum.

Joë haussa les épaules.

— Quelle brute! dit-il. Il faudra bien que je me décide
à m'en débarrasser d'une façon ou de l'autre.

Le lendemain, frais et reposé, Prosper se présentait pour prendre les ordres de ses nouveaux maîtres.

Ceux-ci ne savaient que faire de ce serviteur qui leur tombait du ciel et qu'ils ne voulaient pas renvoyer pourtant, le soupçonnant de travailler pour Prigent. Mais à quoi l'occuper? Joë parla vaguement de lui confier la surveillance de la propriété; mais, auparavant, il fallait qu'il se rendît compte de tout, qu'il connût tout; et, sous prétexte de l'instruire, on le promena à travers le domaine, on lui fit visiter les cultures, les vignobles, les parcs à bestiaux, la tannerie, on lui indiqua l'emplacement des futures plantations de tabac, de café; bref, on feignit de le mettre au courant de tous les projets, et de ne lui rien cacher.

Avec un tact admirable, Prosper écoutait, donnait son avis quand on le lui demandait, conseilla même quelques améliorations, dont Joë promit de tenir compte.

De Prigent, pas un mot.

Cette attitude, au lieu de les dissiper, accrut les soupçons de Joë.

— Nous avons affaire à forte partie, dit-il à Bob.

— Parce que tu ne sais pas t'y prendre. Confie-le-moi seulement pendant vingt-quatre heures, et tu verras si je ne l'oblige pas à vider son sac...

— En le menaçant?

— Pour qui me prends-tu? Non, c'est par la douceur, par les bons procédés que je veux l'amener à se confier à nous et à tout nous avouer.

— Essaye donc.

Le soir même, Bob Thorps et Prosper Ridard étaient les meilleurs amis du monde.

Prosper, rusé, malin comme un singe, s'attacha à gagner la confiance de cet ours mal léché, comme il disait, et cela lui fut facile, les gens de l'espèce de Bob ayant toujours besoin d'un complaisant, d'un flatteur toujours prêt à les admirer, à rire de leurs sottises.

Ce rôle convenait admirablement à la nature de Prosper. Orphelin de bonne heure, lâché sur le pavé de Paris où, jusqu'à l'heure de l'appel sous les drapeaux, il avait vécu de la vie accidentée du camelot, criant les journaux, vendant la « question du jour », ouvrant les portières des voitures devant les théâtres et les ambassades, ramassant les bouts de cigare à la porte des cafés...

Profondément honnête, gardant encore le souvenir des enseignements de son père, brave couvreur mort des suites d'une chute, de sa digne mère, trop tôt enlevée à son affection, il avait côtoyé de bien près l'abîme, mais sans jamais dévier du droit chemin. On pouvait lui reprocher bien des peccadilles, mais pas une mauvaise action. Au contraire, il avait souvent partagé son pain avec plus pauvre que lui, risqué sa vie pour secourir son prochain, aidé à l'arrestation de malfaiteurs dangereux.

Dans cette existence mouvementée, il avait beaucoup vu, beaucoup appris, et, chez lui, dans ses jours de gaieté, la malice du gavroche parisien l'emportait sur la raison.

Il plut de suite à Bob, à qui il promit de le piloter dans Paris, si jamais il se décidait à voyager, et qu'il amusa en lui contant mille folies. Adroit de ses mains comme un véritable prestidigitateur, il lui apprit des tours de cartes, lui montra le bonneteau, ou jeu des trois cartes, qui fait tant de victimes dans la classe ouvrière, lui dévoila les *trucs* des jokeys pour gagner aux courses : bref, il l'enchanta.

Mais là ne se bornaient pas ses talents : à table, il débouchait une flûte de champagne sans toucher au fil de fer, faisait tenir une assiette en équilibre sur une fourchette, vidait son verre en le tenant entre ses dents, et, au dessert, déchirait sa serviette, l'imbibait d'alcool, y mettait le feu, et en mâchait les morceaux comme les saltimbanques mâchent de l'étoupe enflammée.

Quand on apportait le rhum et les liqueurs, il tenait tête à Bob, qui passait cependant pour un rude buveur.

— Quand on a sucé le vitriol des bistros de la place Maubert, disait-il, le vieux rhum de la Jamaïque est comme un velours au palais.

Après ce qui précède, on ne sera pas surpris de l'amitié soudaine de Bob pour le joyeux Montmartrois, jamais à court d'histoires, chantant la chansonnette comme pas un.

Bob, d'ailleurs, s'ennuyait tant dans cette ferme perdue, sans autres distractions que sa pipe et sa bouteille de rhum, sans autre société que celle de Joë, dont la présence ne lui rappelait que des souvenirs tragiques, que toute modification à cette existence monotone devait être la bienvenue.

— Ce garçon-là, disait-il à Joë, est inoffensif comme l'enfant qui vient de naître. C'est une de ces têtes sans cervelle, comme tous les Français d'ailleurs, qui prennent la vie par le bon côté, ne pensent qu'à rire et à s'amuser.

— Nous verrons bien, répondit Joë; moi, je ne m'y fie pas.

Bientôt, avec ce besoin d'expansion des buveurs qui regardent leurs compagnons de bouteille comme de vrais amis, Bob en arriva à conter ses ennuis à Prosper, à lui demander conseil. Il s'ennuyait tant dans ce trou perdu sans cafés, sans cercles, sans théâtres ! Encore si l'on vivait à Tananarive, Tamatave ou Majunga, on pourrait se créer quelques relations, mais ici... rien que des moricauds !..

Et, à mesure qu'il s'éprenait d'affection pour Prosper, par une pente naturelle, il en arrivait à haïr son complice, ce Joë qui tournait au puritain, qui l'empêchait de jouir de cette fortune acquise au prix d'un crime.

Prosper appuyait sur la chanterelle.

— Pourquoi rester ici, mon vieux John Bull ?—il avait pris l'habitude d'appeler ainsi Bob, ce qui faisait rire ce dernier — Riche comme vous l'êtes, de bonne famille, je n'en doute pas, bien de votre personne, cela se voit, vous auriez du succès dans le monde. Venez à Paris; je me charge de vous en faire les honneurs, de vous présenter dans nos principaux salons.

— Partir !.. c'est impossible ! *il* ne voudra pas.

— Qui ça... *il ?*

— Assez ! dit brusquement Bob entendant marcher dans la pièce voisine. Faisons un *écarté.*

Et quand Joë entrait dans l'ancien cabinet de l'oncle François, il trouvait les deux amis abattant le roi à chaque coup.

Un jour que Joë avait été appelé au village, Bob, qui se désintéressait de plus en plus de l'exploitation, proposa sérieusement à Prosper de partir pour l'Europe.

Il avait effroyablement bu et était ivre à ne pas se tenir.

— Mais votre ami, monsieur Joë? demanda Prosper, qui comprit que le moment de jouer le tout pour le tout, était venu, et que, s'il laissait échapper cette occasion de faire parler l'ivrogne, il ne la retrouverait peut-être plus.

— Oh ! lui, il se taira... Il a trop intérêt à éviter un scandale... D'ailleurs, je le tiens.

— Et de l'argent? Votre fortune est-elle disponible? A Paris, le jeu, les courses, le théâtre, tout cela coûte...

— Il y a plus de deux cent mille dollars dans le coffre-fort.

— Deux cent mille dollars!

— Et autre chose qui vaut plus... bégaya l'ivrogne avec un sourire qui se changea en un hoquet, les copies du tes...

Il s'arrêta.

Prosper ne crut pas devoir insister sur ce point.

— Vous avez la clef? dit-il.

— Chacun la sienne, répondit Bob, qui, comme tout individu ivre, voulut montrer qu'il ne mentait pas et tira la clef de son gousset. Confiance mutuelle... vous comprenez... Le mot?.. Attendez... quatre lettres G. H. I. N...

presque le nom d'une boisson, la fin du nom du poison
qui... Une idée de Joë...

— Donnez la clef... Mais s'il arrivait... s'il s'apercevait?..

— Alors... je l'appellerais faussaire... assas...

Il ne put achever, et tomba comme une masse sur le
divan.

— C'est le moment! dit Prosper. Ce que je fais là n'est
peut-être pas très délicat; mais, avec des faussaires, des
assassins, — car j'ai compris, ils ont empoisonné l'oncle
avec du tanghin, — les scrupules ne sont pas de mise.
J'ai la clef, je connais le mot... à l'œuvre!..

Rapidement, Prosper ouvrit le coffre-fort. Il négligea
l'or, l'argent, les liasses de valeurs et fouilla dans les papiers. Après de longues recherches, craignant à tout moment d'être surpris, mais décidé à se défendre si quelqu'un survenait, il finit par découvrir une enveloppe,
dans laquelle se trouvaient plusieurs feuilles de papier
couvertes d'écritures diverses, comme imitées, commen-
çant toutes par cette formule invariable : « Ceci est mon
testament », et quelques lettres jaunies.

C'étaient les essais du faussaire, les lettres qui lui
avaient servi d'exemple pour imiter l'écriture de l'oncle
François.

— Je n'ai pas perdu mon temps ici! murmura Prosper.
Adieu, Bob! Il ronfle comme un sourd. Que dira l'autre?
Ma foi, ils s'arrangeront comme ils l'entendront. L'important est de sortir... La porte est fermée. Bah! on escala-
dera le mur... Vol avec fausse clef, puisque toute clef qui
ne vous appartient pas, fût-ce la vraie, est réputée fausse
par la loi, escalade dans une maison habitée... peste!
vous allez bien, M. Prosper! . . . .

. . . .

Le soir, quand Joë revint du village, il demanda Bob.

— Il est dans le cabinet avec le Français, répondit le
domestique auquel il s'adressa.

— Personne n'est sorti?

— Personne...

Joë monta. Sur le seuil du cabinet, il s'arrêta : Bob étendu sur le divan, le coffre-fort ouvert, les papiers, les valeurs, l'or éparpillé de tous côtés, lui donnèrent l'affreux pressentiment de la vérité.

— Malédiction ! rugit-il, cet ivrogne a parlé !..

Et secouant Bob :

— Réponds ! dit-il. Que s'est-il passé?

— Prosper... gémit l'ivrogne, ne m'abandonne pas...

— Il est loin, ton Prosper... Enfui avec les copies du testament ! C'est cela, dit-il en fouillant dans le coffre-fort, les papiers ont disparu... Malheur sur nous !

— Pourquoi avoir gardé ces papiers? fit l'ivrogne subitement dégrisé.

— Le sais-je?.. Passion de l'artiste pour son chef-d'œuvre, désir de m'assurer de temps en temps que je n'avais commis aucune faute... Nous sommes roulés comme des enfants...

— Il faut fuir ! dit Bob, en proie à une violente terreur.

— Oui, mais avant, répondit Joë d'une voix sombre, il faut faire disparaître le corps de... l'autre... Ce n'est peut-être pas seulement de faux que nous pouvons être accusés.

Bob tremblait de tous ses membres.

— Misérable ivrogne !.. lâche ! pensait Joë. Quand tu m'auras servi, quand je n'aurai plus besoin de toi, je sais bien ce que je ferai...

Ils parvinrent à l'endroit désigné. (page 122)

XII. — Ce qu'était devenu le cercueil de l'oncle François.

La découverte de Prosper modifiait du tout au tout la situation de la famille Prigent.

Le crime soupçonné apparaissait dans toute son horreur : les bandits étaient démasqués.

Aussi le brave Montmartrois fut-il fêté, complimenté par tous, même par Tiénévraotony, qui ne comprenait absolument rien à cette histoire compliquée de faux testament, mais qui, voyant ses amis contents, partageait leur joie de confiance.

— Mon fatidrah est un homme ! disait-il.

Vous comprenez, expliquait Prosper, que j'avais mon idée en restant à la ferme. J'étais décidé à tout tenter pour pénétrer le secret de ces bandits, et, quand un Montmartrois a quelque chose dans la caboche, ce n'est pas dans les talons. Avec le Joë Curry, jouant au puritain, froid, réservé, toujours maître de soi, j'aurais eu du fil à retordre. Mais confesser Bob, ce n'était qu'un jeu, tant il y mettait de bonne volonté. Celui-là, en le flattant, en lui tenant tête à table, un enfant l'aurait roulé ; j'ai honte de ma victoire tant elle a été facile.

— Maintenant, il faut agir, dit Prigent.

— Et vivement ! conseilla Prosper, car ces brigands ne commettront pas la sottise de nous attendre. S'ils réussissent à gagner le territoire presque désert des Betsiléos, ils échapperont à toutes les poursuites.

— Et nous n'avons pas seulement à recouvrer l'héritage de l'oncle François, mais à punir ses meurtriers.

— Cette tâche incombe à la justice, dit Mⁿᵉ Prigent.

— Nous l'aiderons à l'accomplir, répondirent les trois hommes.

Le lendemain, les papiers trouvés par Prosper dans le coffre-fort de Joë Curry furent remis au Parquet. Le doute n'était plus possible : la justice avait entre les mains toutes les preuves du crime. depuis les premières tentatives timides, maladroites, mais s'améliorant de jour en jour pour arriver à la perfection, jusqu'aux pièces capitales. Par une aberration étrange, Joë avait tout gardé : ses premiers essais informes, ses calques, ses décalques, ses graphiques, les lettres qui lui avaient servi de modèle.

— Les criminels sont tous ainsi, dit M. Vigouroux, qui avait tenu à accompagner Prigent chez le Juge d'instruction. On dirait que la pensée de leurs crimes les hante comme un cauchemar perpétuel, qu'ils ne peuvent se décider à en faire disparaître les preuves. Le faux monnayeur conserve son outillage compromettant ; le voleur ne se défait jamais complètement des objets dérobés ; et combien d'assassins se sont faits prendre, rôdant autour des lieux où ils avaient commis leurs crimes, de l'endroit où ils avaient caché les cadavres de leurs victimes ?..

La Justice entra immédiatement en campagne, car, comme l'avait dit Prigent, il ne s'agissait pas seulement de poursuivre des faussaires, mais peut-être des assassins.

Il fallait, s'il en était temps encore, s'assurer de Bob et de Joë.

Par une pluie diluvienne, car la mauvaise saison était venue, par des sentiers changés en marécages à la suite du débordement des cours d'eau, le Juge d'instruction et son greffier, accompagnés d'un médecin légiste et d'un détachement de gendarmes coloniaux, se mirent en route pour Voavazala.

Prigent, René et Prosper étaient naturellement du voyage.]

Il dura trois jours. Malgré les rideaux de cuir des filanzanes, les voyageurs souffrirent cruellement de la pluie qui les transperçait jusqu'aux os.

— Joli temps pour aller instrumenter! grommela le greffier. Si nous n'attrapons pas les fièvres, je l'irai dire à Rome.

— C'est le devoir! répondit stoïquement le brigadier de gendarmerie commandant l'escorte.

— Brigadier, vous avez raison! N'empêche que, par ce temps de chien, le devoir a des exigences vraiment pénibles.

On arriva enfin. En apercevant la ferme, Prigent poussa un soupir de soulagement.

— Je craignais que ces bandits eussent mis le feu à la maison, dit-il.

La plus grande confusion, le plus grand trouble, régnaient parmi le personnel; car Joë et Bob, comme on le pense, n'avaient pas attendu l'arrivée de la justice; ils s'étaient enfuis emportant tout l'or, tout l'argent, toutes les valeurs enfermées dans le coffre-fort, et négligées par l'honnête Prosper.

Cette fuite était un aveu de culpabilité.

Mais l'œuvre de la justice n'était pas terminée.

— Il nous reste un devoir pénible, mais nécessaire à remplir, dit le Juge d'instruction. Les nommés Joë Curry et Bob Thorps, d'après vos propres déclarations, ne sont pas seulement prévenus de faux et d'usage de faux, mais aussi du crime d'assassinat. Il faut faire ouvrir le tombeau.

— Mon Dieu, implora Prigent, ne pourrait-on pas éviter aux restes de mon pauvre oncle cette profanation?

— C'est la loi! répondit le magistrat.

— Que je puisse au moins, avant, prier seul sur sa tombe, murmura Prigent.

Le magistrat s'inclina, et notre ami se fit conduire par un serviteur dans la petite vallée où, suivant le désir qu'il avait exprimé bien des fois, reposait l'oncle François.

Il y resta longtemps; puis, résigné au sacrifice suprême, il se leva en disant :

— Que la Justice suive son cours! Messieurs, faites votre devoir.

Sur un signe du Juge d'instruction, une dizaine de Malgaches, armés de pelles et de pioches, s'approchèrent du tombeau.

— Inutile de chercher là, dit le brigadier, qui, par habitude, avait inspecté le petit monument, la pierre, cela se voit, a été récemment descellée.

En effet, le tombeau conservait les traces d'une récente profanation. La pierre fut néanmoins enlevée, la fosse fouillée; mais rien : le cercueil avait disparu...

— Les misérables! gémit Prigent, ils n'ont même pas respecté le dernier sommeil de leur victime!

Que s'était-il passé?

Nous allons le dire...

. Nous avons vu que Joë et Bob n'avaient pas attendu la Justice.

Après la scène de récrimination, à laquelle nous

Ils poussèrent la pierre... (page 123)

avons assisté, les deux misérables s'étaient consultés.

— Il faut fuir cette nuit même, dit Joë; mais tu sais ce qu'il nous reste à faire.

— Oui ! répondit Bob en frissonnant.

La nuit venue, les domestiques couchés, toutes les lumières éteintes, les deux bandits se munirent de cordes, de bêches et de pioches, et sortirent sans bruit, se dirigeant vers une étroite vallée, entourée de collines s'élevan en gradins comme les degrés d'un cirque gigantesque.

Au milieu de la vallée se dressait un petit monument surmonté d'une croix.

La tombe de l'oncle François !

La nuit était horrible; la pluie tombait à torrents, et, par moments, de larges éclairs rougeâtres balafraient la face du ciel; l'écho des montagnes répétait mille fois les détonations de la foudre.

— A l'œuvre ! dit le mulâtre avec une énergie sauvage.

A la lueur des éclairs, les deux bandits descellèrent la pierre tumulaire, et se mirent à attaquer le sol avec une force que la peur décuplait. Quiconque les eût vus, dans cette nuit horrible, insensibles aux rafales, aux éclats du tonnerre, absorbés dans leur besogne macabre, les eût pris pour des démons. Le sinistre travail dura longtemps; enfin, les fers des bêches heurtèrent un corps dur, qui rendit un son caverneux sous leurs coups, et le cercueil fut mis à découvert.

Avec les cordes, dont ils s'étaient munis, ils le sortirent péniblement de la fosse.

— Nous avons eu tort, ricana Joë, de faire la dépense d'un cercueil en bois de teck doublé de plomb : une simple châsse de sapin eût été plus facile à enlever. Mais nos devoirs d'héritiers nous imposaient ce luxe, que je déplore aujourd'hui.

— Ne raille pas, malheureux ! bégaya Bob, en jetant des regards inquiets autour de lui. J'ai cru voir quelqu'un...

— Poltron! qui peut nous épier par ce temps à ne pas mettre un Malgache dehors? Mais notre besogne n'est pas terminée : il faut cacher ce cercueil. J'ai mon idée. A l'œuvre!..

Les deux profanateurs rejetèrent la terre dans la fosse, replacèrent la pierre, puis, posant le cercueil en travers sur deux manches de pelle, l'enlevèrent comme sur un brancard, et, chargés ainsi, ils quittèrent la vallée et entrèrent dans un petit sentier, serpentant entre les rochers.

L'orage ne se calmait pas, il semblait au contraire redoubler de violence. Les sinistres fossoyeurs, trempés jusqu'aux os, essoufflés, haletant, trébuchant à chaque pas, n'ayant pour se guider que les reflets aveuglants des éclairs, avançaient lentement. Leur fardeau leur semblait lourd comme une masse de plomb; tous les cent pas, ils étaient obligés de s'arrêter.

— Où me conduis-tu? demanda Bob pendant une de ces haltes.

— Au sommet de la colline. Un jour, en me promenant, j'ai découvert en cet endroit une petite caverne creusée dans les rochers. C'est là que nous cacherons le cercueil.

— Mais on le découvrira?

— Non, j'ai mon idée! Allons, en route!

Ils reprirent leur sinistre fardeau et continuèrent cette épouvantable ascension. Enfin, après une heure d'une marche pénible, coupée de fréquents repos, ils parvinrent à l'endroit désigné par le mulâtre.

— C'est là, dit ce dernier, en indiquant une crevasse s'ouvrant dans le flanc d'un rocher. Encore un effort, et nous n'aurons plus rien à redouter de ce côté.

— Comment?

— Tu vas voir. Plaçons maintenant le cercueil dans la caverne. Bien. Suis-moi...

Et, leste, maintenant qu'il était débarrassé de son far-

deau, il gravit le rocher, dont la crête surplombait, s'a-
vançait sur le sentier. Sans dire un mot, avec sa pioche, il
creusa la terre qui l'entourait, coupant les lianes et les
racines. Bob, qui avait compris, le secondait de son mieux.
Il s'agissait, en effet, de rejeter cette énorme pierre, n'appartenant pas au rocher, mais roulée là par quelque cata-
clysme, dans le sentier où elle masquerait l'entrée de la
caverne.

Un quart d'heure après, la base de l'énorme bloc était
dégagée : il suffisait de le pousser vigoureusement pour
le précipiter dans le vide.

— Allons-y, et de l'ensemble ! dit Joe.

Unissant leurs efforts, ils poussèrent la pierre qui
oscilla, s'ébranla, et, roulant sur la pente, entraînant avec
elle des amas de terre, des quartiers de rocs, dégringola
comme une avalanche dans le sentier où elle se brisa en
mille pièces.

Mais l'entrée de la caverne était à jamais obstruée sous
les décombres.

— Voilà notre secret enterré ! dit le mulâtre.

— Une mine eut aussi bien fait l'affaire, remarqua Bob,
en s'épongeant le front, et ce n'eût pas été aussi long.

— Oui, mais nous n'avions pas de poudre. Et puis, une
explosion aurait laissé des traces, tandis que dans huit
jours, l'herbe aura repoussé, les arbustes et les lianes se
seront redressés, et nul ne s'imaginera que cet amas de
décombres est une tombe...

Jetant dans un torrent leurs outils et leurs cordes, inutiles désormais, ils revinrent à la ferme.

Les chiens vinrent les flairer, mais, reconnaissant leurs
maîtres, n'aboyèrent pas.

Ils changèrent de vêtements, pénétrèrent dans l'ancien
cabinet de l'oncle François, prirent des armes, bourrèrent
leurs poches d'or et de valeurs, entassèrent le reste dans
deux valises et dirent un dernier adieu à cette maison,

dont la possession leur avait coûté un crime et qu'ils devaient abandonner à jamais...

— Tu te trouvais trop heureux ici, Bob, dit Joë avec
son sourire étrange; tu te plaignais de manquer de distractions. Eh bien ! réjouis-toi : les émotions, les distractions ne te feront plus défaut...

— Où allons-nous? demanda Bob, que cette froide
raillerie inquiétait plus qu'un accès de rage.

— Cacher notre fortune dans la montagne, près du tombeau du vieux Prigent.

— Et après?..

— Chez les Fahavalos? Ah ! tu crois que j'ai renoncé à
mes projets, que je quitte cette maison sans songer à me
venger de celui qui m'en chasse?.. Détrompe-toi. Ma vengeance sera terrible ! le misérable Prigent versera des larmes de sang, maudira le jour où il a mis le pied dans ce
pays. Je frapperai les siens d'abord, lui ensuite.   . . . . .

. . . .

Après une courte instruction, Prigent fut mis en possession provisoire de l'héritage de l'oncle François.

Il vint habiter la ferme avec sa famille, René, le joyeux
Montmartrois et le brave Tiénévraotony, qui ne put se
résigner à quitter son cher « Fatidrah ».

Les mauvais jours étaient passés.

Dans ce merveilleux pays, nos amis se croyaient en
droit de compter sur une existence calme, heureuse, sanc-
tifiée par le travail, embellie par l'affection qu'ils ressen-
taient les uns pour les autres.

Ils comptaient sans Joë Curry, dont la haine implacable allait les poursuivre, les frapper dans leurs sentiments
les plus chers.

DEUXIÈME PARTIE

LA VENGEANCE DU MULATRE

La malheureuse créature devient la proie des caïmans. (page 130)

DEUXIÈME PARTIE

LA VENGEANCE DU MULATRE

I. — Où l'on conduit le lecteur chez les « Fahavalos » du village d'Andrianinia.

Le gros village d'Andrianinia, situé sur un coteau déta-ché des monts Bougolava, en plein pays Betsiléo, domine le cours, paisible en cet endroit, de la rivière Tsijobina ; ses cases en bambou, aux toits pointus en feuilles de ravenala, ne se groupent pas autour de la maison du chef, mais s'éparpillent sur le flanc du coteau, se posent auda-cieusement sur le rebord des petits plateaux qui serpen-tent la vallée profonde, ou se dressent comme des aires d'oiseaux de proie au sommet des rochers.

Andrianinia est un centre important; sa population dépasse cinq cents âmes, et pourtant, autour des cases, dans la plaine, sur le penchant exposé au soleil levant, aucune trace de culture ni aucun troupeau dans les pâturages.

C'est que Andrianinia n'est pas un village ordinaire : c'est, si nous pouvons parler ainsi, le fief du fameux partisan hova Ramazazaha, qui se distingua pendant la campagne de 1895 par la guerre acharnée qu'il nous fit. Tananarive retentit encore du bruit de ses exploits. Connaissant admirablement le pays dans lequel il opérait, il s'était fait chef de partisans, attaquait les convois, massacrait les sentinelles, enlevait les postes isolés. Battu souvent, jamais découragé, après chaque défaite il réapparaissait, plus audacieux, avec de nouvelles bandes recrutées dans la lie de la population, parmi ces Fahavalos ou voleurs de grands chemins, que les hasards de la guerre avaient faits tout puissants.

La reine Ranavalo, en effet, jouait avec les Fahavalos le même jeu que l'impératrice de Chine devait jouer plus tard avec les « Boxers ». C'était sur les Fahavalos que l'on rejetait la responsabilité de toutes les violences, de tous les crimes commis sur les Européens; c'est à eux que l'on a attribué les assassinats de MM. de Lescure, Bézial, Bordenave, Silanque, Muller, Houvemon et Gellé.

Après la campagne terminée par la capitulation de Tananarive et l'exil de la reine Ranavalo III, Ramazazaha s'était jeté dans la montagne avec les débris de sa bande, soldats dignes d'un tel chef. A partir de ce moment, il n'y eut plus de sécurité pour les voyageurs et les convois de marchands traversant cette partie du Betsiléo. Du haut de son aire, Ramazazaha tombait sur les caravanes, rançonnait les marchands, razziait les troupeaux, emmenait les jeunes gens, qu'il vendait aux chefs indépendants de l'intérieur.

Il était la terreur du pays. Des expéditions avaient été dirigées contre lui ; ses repaires avaient été plusieurs fois incendiés, détruits de fond en comble ; mais il échappait toujours. Chassé d'une contrée, il s'établissait dans une autre, et c'était toujours à recommencer.

Les paysans, qui le redoutaient à l'égal du feu, n'osaient le dénoncer ouvertement, tant ils étaient assurés que la vengeance suivrait de près la délation : des bruits sinistres couraient à ce sujet ; on disait, et la vérité nous oblige à confesser que ces rumeurs n'avaient rien d'exagéré, que tous ceux qui avaient dénoncé le redoutable chef, n'avaient pas survécu vingt-quatre heures.

Les Betsiléos sont de paisibles agriculteurs et éleveurs, d'humbles tisserands ou forgerons ; ils auraient été heureux d'être débarrassés de Ramazazaha et de sa séquelle ; mais ils n'osaient formuler ouvertement ce désir, craignant les représailles du chef, qui, disait-on, avait des espions partout.

Le 30 mars de l'année 1899, le village d'Andrianinia était en émoi : la femme du chef, la belle Farantzoué, venait de lui donner une fille ; le père, soucieux, accompagné d'une négresse portant le nouveau-né et de quelques chefs subalternes, se rendit auprès de l' « Ombiache », personnage important, à la fois prêtre, médecin et sorcier, qui devait lire dans le « mampila » la destinée future de son unique héritière.

Ramazazaha était père pour la première fois, et le malheur voulait que ce fût d'une fille.

De même que chez beaucoup de peuples primitifs, la naissance d'une fille est, chez les Hovas, considérée comme une véritable calamité. Tandis que la naissance d'un garçon est une occasion de danses et de ripailles, celle d'une fille est presque cachée. Il y a plus : si l'horoscope ou *mampila* ne lui est pas favorable, s'il indique qu'elle est née un jour *fadi*, la malheureuse créature est

9

exposée dans un lieu désert, où elle meurt faute de soins, ou bien, au bord d'un étang, où elle devient la proie des caïmans.

Nos missionnaires, nos sœurs de charité sauvent beaucoup de ces infortunées, car la superstition du mampila sévit aussi bien dans les villes que dans les campagnes.

Ramazazaba se conformait à l'usage, en allant consulter l'Omblache.

Toujours suivi de ses amis, il entra dans la case du jongleur, vieillard déjà tout blanc, et lui présenta sa fille.

— Dis-nous si les Génies seront favorables à cette enfant, Antinorou, fit-il, en plantant en terre sa longue sagaie.

Le jongleur, après avoir imposé les mains sur la tête de l'enfant, alla chercher son mampila ou planchette bariolée de vives couleurs, sur laquelle il étendit une couche de sable fin. Il resta longtemps silencieux, solennel, comme absorbé dans ses pensées, mais riant intérieurement de la crédulité du chef, supputant ce que lui rapporterait son horoscope, se demandant s'il devait le rendre favorable ou défavorable. Anxieux, Ramazazaba et ses amis attendaient. Enfin, Antinorou releva la tête, marmotta quelques incantations, et, après avoir consulté et reconsulté les signes mystérieux que son doigt avait tracés sur le sable, il s'écria :

— Réjouis-toi, grand chef, ta fille sera heureuse. L'heure de sa naissance est une heure bénie entre toutes ; les génies lui seront toujours propices, et d'elle naîtra le guerrier qui sera le libérateur de Tanni-Bé (1).

A cette prédiction que le jongleur pouvait faire sans se compromettre, car il était vieux et ne devait certainement pas voir les enfants de la frêle créature à qui il promettait tant de gloire, Ramazazaba poussa un cri de joie, et, arrachant sa sagaie, il ordonna d'un geste à la négresse d'emporter l'enfant.

(1) Grande Terre ; c'est ainsi que les Malgaches appellent leur île.

— Adieu, Antinorou, dit-il, en saluant le jongleur de la main. Avant peu, tu recevras des marques de ma libéralité.

— N'oublie pas de suspendre au cou de ta fille une dent de caïman, la plus grosse que tu pourras te procurer, recommanda Antinorou. C'est un talisman puissant ; il écartera de l'enfant l'influence des génies malfaisants qui essayeraient de troubler son horoscope.

Cependant, dans le village, le bruit s'était répandu que la fille de Ramazazaba avait eu un mampila favorable, et les visiteurs affluaient pour congratuler, féliciter l'heureux père.

Comprenant ses devoirs, celui-ci fit abattre trois bœufs, défoncer un tonneau de rhum, distribuer à tout venant des gourdes pleines de « betsa-besse ». On poussa des cris joyeux, on tira des coups de fusil ; les jeunes gens simulèrent un combat à la sagaie, tandis que les jeunes filles organisaient des rondes, en chantant la générosité du chef, la gloire de ses ancêtres, la brillante destinée promise à son enfant.

Tandis que tout s'amusait dans le village, un homme, un blanc, indifférent à cette joie bruyante, fumait sa pipe au seuil d'une petite case posée, comme un oiseau voyageur, à l'extrême bord d'un rocher, d'où la vue embrassait la vallée et le cours de la rivière.

— Riez, pauvres sots, dit-il, et réjouissez-vous des prédictions d'Antinorou, qui, pour une bouteille de rhum et un quart de piastre, vous promettrait le trône de Radama le Grand !

Il jeta un regard sur la rivière, qui coulait paisible entre deux rives bordées de palmiers droits, élancés comme des mâts de vaisseau, de tamarins géants, de sinistres tanghins, de ravenalas aux feuilles disposées en éventail, sous lesquels les fougères arborescentes, les bambous, les lianes entrelacées formaient un sous-bois ravissant aux yeux, mais malheureusement infesté de caïmans.

La rivière était déserte : aucune barque n'apparaissait sur ses flots bleus, semblant, sous les baisers du soleil, rouler des paillettes d'or.

— Rien, dit l'homme. C'est pourtant aujourd'hui qu'expire le délai que Joë avait fixé pour son retour.

L'homme que nous venons d'entrevoir, le lecteur l'a reconnu à ses dernières paroles, c'est notre ancienne connaissance Bob Thorps.

Après leur fuite de la ferme de l'oncle François, nos deux bandits, comme ils l'avaient décidé, s'étaient dirigés vers le pays des Betsiléos où ils étaient à peu près assurés d'échapper aux recherches de la justice. Ils n'avaient pas choisi ce pays au hasard : au cours de la dernière campagne, Joë et Bob avaient été en relation avec Ramazazaha, auquel ils avaient fourni plus d'un renseignement précieux, frisant l'espionnage. Le chef ne pouvait donc manquer de les accueillir chaleureusement. D'ailleurs ils étaient Anglais, c'est-à-dire adversaires acharnés des Français ; ils avaient de l'or : c'était plus qu'il n'en fallait pour qu'ils fussent reçus à bras ouverts.

Cet espoir n'avait pas été trompé : Ramazazaha les avait fraternellement accueillis et leur avait donné une case ; il leur avait même proposé en mariage les deux plus belles filles du pays. Ils avaient accepté la case, mais décliné les offres de mariage, et, depuis cinq mois, ils vivaient là, ruminant leurs projets de vengeance, recherchant les moyens de les mettre à exécution.

Enfin, le 1er mars, le mulâtre Joë, plus impatient, car Bob se souciait peu de Prigent, et ne conservait de rancune que contre Prosper Ridard, qui l'avait si proprement roulé, dit à son ami :

— La mauvaise saison est passée : il est temps de nous mettre en campagne. Je vais partir, essayer de me créer des relations à Voavazala ; toi, attends mon retour.

— Tu reviendras bientôt?

— Dans un mois.

— Et si tu allais être reconnu là-bas?

— Ne crains rien, je saurai me grimer.

— Va donc, et que la chance te favorise!..

Le mois était écoulé depuis huit jours; Bob ne quittait plus le rocher, guettant le retour du mulâtre.

Tout en inspectant l'horizon, le magnifique panorama qui se déroulait devant ses yeux, il continuait de fumer, et, tout en fumant, il monologuait :

— Joë avait raison, j'étais trop heureux à Voavazala. Quelle existence! bonne table et surtout bonne cave, de l'or plein les poches... Et j'ai perdu tout cela par ma faute. Canaille de Prosper, si je le tenais! Eh bien! je le regrette presque autant que mon opulence passée... il était si bon vivant, si joyeux compagnon!..

Il poussa un soupir, et reprit :

— Et ce Joë qui ne revient pas? lui serait-il arrivé malheur? Ma foi, je m'en consolerais! il abuse de son ascendant sur moi, du passé qui nous lie...S'il ne revenait pas, serais-je perdu pour cela? Non; je sais où est notre trésor, je partirais, je verrais la France, Paris!..

Soudain il tressaillit.

Un point noir venait d'apparaître sur la rivière, dans la direction de l'est. Bientôt il grandit, et Bob put distinguer une longue pirogue menée par quatre nègres puissants, au torse nu, qui pagayaient en cadence. A l'arrière, un homme vêtu à l'européenne se tenait assis.

Bob poussa un soupir : il avait reconnu Joë.

— Mon beau rêve est fini! murmura-t-il, en secouant sur son ongle les cendres de sa pipe. Allons reprendre notre chaîne!

Cependant l'embarcation avançait toujours. On entendait maintenant la voix des noirs chantant la *Chanson des pirogues*, sorte de mélopée traînarde, dont le bruit des pagaies semblait marquer le rythme monotone.

Bob descendit vivement le petit sentier rocailleux conduisant à la rivière, et arriva juste au moment où Joë mettait pied à terre.

— As-tu fait un bon voyage? demanda-t-il?

— Excellent.

— Et le résultat? '

— Tu le connaîtras bientôt. Mais Ramazazaha?

— Il fête le mampita de sa fille.

— L'idiot ! Mais nous avons besoin de lui. J'ai vu Voavazala, continua le mulâtre. Prigent a donné un nouvel essor à la plantation qui, entre ses mains, doublera de valeur si nous le laissons faire. Déguisé tantôt en marchand hova, tantôt en milicien, j'ai pu résider dans le pays sans être reconnu, ni inquiété; j'ai introduit deux hommes à moi dans la place. Le moment d'agir est venu.

Bob ne put réprimer un frisson.

— Tu trembles, poltron.

— J'avoue qu'il me sera désagréable de me retrouver en présence de Monsieur Prosper.

— Celui-là, je te l'abandonne... ce n'est qu'un instrument indigne de ma haine. A moi les autres... Après? eh bien, nous nous donnerons du bon temps, nous visiterons New-York, Londres, Paris...

— Paris !.. dit Bob subitement consolé.

— Viens, rentrons.

La nuit était venue, et les deux bandits regagnèrent leur case.

Dans le village, brillamment illuminé, la fête battait son plein, menaçait de dégénérer en saturnale, grâce aux fréquentes rasades de rhum et de betsa-besse, que les serviteurs de Ramazazaha versaient à pleins bords à tous venants.

———

Les voiturettes Lefèvre. (page 140)

II. — Où Prosper Ridard commence le récit de la campagne de 1895.

Prigent, nous l'avons dit à la fin de la première partie de ce récit, s'était établi à Voavazala avec sa famille, René, Prosper et le malgache Tiénévraotony.

Les anciens serviteurs et engagés de l'oncle François, étrangers au crime du mulâtre et de son digne complice Bob Thorps, trouvèrent en lui un maître juste, humain, bienveillant, soucieux de leurs besoins et de leur bien-être. Ce ne fut pas un temple protestant qui s'éleva au milieu de l'humble village des noirs, mais une petite chapelle catholique. Prigent, voulant convaincre et non contraindre, se gardait bien d'exercer la moindre pression sur ses engagés : son but n'était pas seulement de racheter des âmes, il voulait aussi gagner des cœurs à la France.

Ses amis l'aidaient dans cette tâche et ne manquaient

jamais, dans leurs causeries familières, d'opposer le libé-
ralisme tolérant des Français à l'esprit étroit, mercantile
et sectaire des Anglais.

— Laissons tomber la semence, disait René ; le temps,
la patience, le bon exemple, la feront germer.

Chacun de nos amis, dans cette ferme devenue comme
une petite colonie française, avait ses attributions spé-
ciales : Prigent dirigeait l'ensemble de l'exploitation ;
René correspondait avec les négociants de la Réunion,
Maurice, les Comores, Mayotte, et tenait la comptabilité ;
Prosper était surveillant en chef, remplaçait, mais sans
fouet, sans bâton, l'ancien commandeur des planteurs au
temps de l'esclavage ; Tiénévraotony s'était transformé
en une sorte de juge de paix, intermédiaire obligé entre
les noirs et les blancs, dont l'arbitrage était accepté de
tous.

On n'entendait plus parler de Bob ni de Joë.

— Les misérables auront réussi à quitter l'île, dit
Prigent.

— Oh ! ne vous leurrez pas de cet espoir. Je connais le
mulâtre ; cet homme n'abandonnera pas la partie sans
tenter de se venger. Dieu veuille que nous ne le trou-
vions pas bientôt en travers de notre chemin !..

Les enfants jouissaient de cette vie large, indépen-
dante, profitant autant à leur intelligence qu'à leur corps.
Accompagnés tantôt de René, tantôt de Prosper Ridard,
le plus souvent de Tiénévraotony, leur vieux Tony,
comme ils l'appelaient, ils pêchaient en pirogue sur le
cours d'eau qui coulait non loin de la propriété, chassaient
le héron dans les marécages, le chat sauvage, le sanglier
dans les forêts vierges, le caïman quelques fois.

Ils visitaient souvent le village, apportant des secours
aux malades, aux enfants des friandises, puis des jouets,
qu'ils confectionnaient eux-mêmes.

Quelle différence entre cette douce familiarité, cette

cordialité réelle et les procédés froids, guindés de Joë, qui faisait le bien, non pour le bien, mais par intérêt; qui, en véritable mulâtre qu'il était, méprisait souverainement les noirs.

— Le bon temps du vieux Vaza est revenu, disaient les engagés, faisant allusion à l'oncle François, qu'ils avaient profondément regretté.

Nos amis étaient venus s'installer à Voavazala, à cette époque de l'année où des pluies torrentielles, durant des semaines entières, où de fréquents orages mêlés de tonnerre, incendiant les forêts, défonçant les sentiers, faisant déborder les rivières, transformant les plantations en marécages, obligeaient les Malgaches eux-mêmes à rester renfermés dans leurs cases.

Aussi les premiers temps avaient-ils été pénibles.

Que faire pendant ces longues journées? Comment tuer ces heures interminables, alors qu'il était formellement interdit aux Européens de sortir, sous peine de prendre les fièvres?

On s'occupa d'abord de déballer les objets apportés d'Europe : la pharmacie, les armes, les outils, les graines potagères que l'on voulait acclimater; puis on rangea les livres, les vêtements. Mais ce travail ne prit que quelques jours, et la mauvaise saison devait durer d'octobre à mars.

C'est alors que Charles eut une idée, dont la réalisation devait, pour plusieurs soirées, procurer une distraction agréable et instructive.

Un soir, que toute la famille était réunie dans la vaste salle à manger, où flambait un feu clair — car si les journées étaient toujours étouffantes, les soirées étaient fraîches et il fallait du feu pour combattre l'humidité mortelle qui se faisait sentir — le jeune homme dit à Prosper :

— Vous aviez promis de nous raconter l'histoire de la dernière campagne?

— Oui, mon jeune ami, et je suis prêt à tenir ma promesse.

— Eh bien, il me semble que c'est le moment.

— Oui, s'écrièrent Edouard et François, contez-nous cela, Prosper...

— Allons-y donc de notre boniment! Je demanderai seulement à Madame Prigent la permission d'allumer ma pipe, car je ne peux pas conter sans fumer.

M⁰⁰ Prigent accorda gracieusement cette permission, et le joyeux Montmartrois, après avoir soigneusement bourré et allumé sa pipe, commença :

— Vous savez comment nous avons été amenés à intervenir définitivement à Madagascar, où les Hovas nous traitaient ni plus ni moins que des chiens?

— Oui, répondit Charles, M. Joignit nous a raconté l'histoire politique de ce pays.

— Bon! cela m'évitera d'entrer dans des préliminaires qui allongeraient indéfiniment mon récit.

« Donc, à la fin de l'année 1894, la France, après avoir épuisé tous les moyens de conciliation, usé d'avertissements et de menaces pour amener les Hovas à la stricte exécution des traités — notamment de ce fameux traité de 1885, appelé traité Miot-Gatrimonio, du nom de l'amiral et du ministre plénipotentiaire qui le signèrent, et qui nous conférait le protectorat de l'île — la France, dis-je, résolut de frapper un grand coup.

» Le Parlement vota un crédit de 65 millions pour l'entrée en campagne.

» Mais il fallait attendre la saison sèche, toute marche étant impossible de novembre à mars.

» En attendant, on occupa Tamatave et Majunga; un corps d'armée fut réuni dans cette dernière ville, et, en mars 1895, tout était prêt pour une marche en avant.

» Le corps expéditionnaire, fort de 1.200 hommes environ, comprenait de l'artillerie, du génie, de la cavalerie, un service d'intendance aussi bien organisé que possible.

» Les combattants étaient fournis par la Guerre, la Marine et les Colonies.

» La Guerre donnait un régiment de ligne, le 200°, créé de toutes pièces pour cette campagne, et composé uniquement de volontaires, puis un bataillon de turcos et un bataillon de la Légion étrangère.

» La Marine donnait un régiment d'infanterie, le 13°, également composé de volontaires.

» Les Colonies fournissaient un bataillon de volontaires de l'Ile de la Réunion, un bataillon de tirailleurs haoussas venu du Dahomey, un bataillon de tirailleurs malgaches.

» Enfin, la division navale de l'Océan Indien mettait à la disposition du corps d'armée ses équipages, son matériel de chalands et de canonnières d'un modèle spécial, approprié à la navigation fluviale.

» Le général Duchesne avait le commandement en chef; il était assisté du général Metzinger et du général Voyron, ce dernier de l'infanterie de marine.

» Tous ces détails, les journaux de l'époque vous les ont donnés, et je ne les rappelle que pour mémoire.

» Moi, j'appartenais, en qualité de volontaire, au 13° d'infanterie de marine, et j'étais déjà caporal.

» La route de Majunga à Tananarive est des plus difficiles. Elle traverse d'abord les marécages du delta du fleuve Betsiboka, le territoire du Boëni, puis s'engage dans les forêts, serpente à travers les défilés des montagnes. Quand je dis la *route*, c'est faute d'une autre expression : je devrais dire plutôt le sentier, car, à cette époque, aucune voie digne de ce nom n'existait dans l'île. C'est nous qui avons construit la première route, et au prix de quels efforts! Ceux de nos camarades, restés dans cette terre putride qu'ils avaient tirée du sol après avoir fait sauter les rochers, pourraient seuls le dire...

» Aussi la marche était-elle des plus pénibles. Les troupes ne pouvaient se déployer, manœuvrer à l'aise, et les convois restaient bien souvent en détresse. Cela obligeait le pauvre soldat à supporter la faim, après une journée épuisante, passée en escarmouches, ou, dans l'eau jusqu'aux genoux, après s'être occupé à remuer la vase, à charger les voiturettes Lefèvre, dont on a dit beaucoup de mal, mais qui nous font tout de même rendu de grands services.

» Par bonheur, sur un certain parcours, on put utiliser les services de la Flotte, qui mit à notre disposition ses chalands plats, remorqués par des canonnières. Celles-ci étaient actionnées, non par des roues sur les côtés, ni par des hélices, mais par des sortes de longs cylindres ou tambours armés de palettes et placés à l'arrière.

» On eût dit des roues de moulin.

» J'étais à l'avant-garde, place ambitionnée par tous les camarades; mais tout le monde ne pouvait y être.

» Les Hovas ne se montraient pas encore en force; les troupes bien entraînées étaient pleines de confiance.

» Le soldat français, voyez-vous, s'accommode de tout, sait se débrouiller partout; il n'est pas comme le soldat anglais, qui ne se bat que si on lui assure son rosbif saignant, ses pommes de terre bouillies, son pudding et son thé au rhum! Quand nous arrivions à l'étape, si l'Intendance nous avait oubliés, nous serrions notre ceinture d'un cran, et, comme cette grande dame, qui, avant de devenir marquise de Maintenon, avait connu la misère, nous remplacions la gamelle absente par quelque récit bien senti.

» Et puis, on était débrouillard, on trouvait souvent des patates, du riz ou du manioc dans les champs; des bananes dans les arbres; quelquefois une oie, un petit cochon sauvage, que l'on rôtissait tout entiers.

» Les Malgaches, dont nous traversions les villages, nous vendaient aussi des œufs, des volailles, du bœuf séché. Comme nous ne les maltraitions pas, ils ne s'enfuyaient plus à notre approche.

» On n'était donc pas trop malheureux; le rhum et le tabac de cantine ne manquaient pas : c'était le principal.

» Le premier adversaire que nous rencontrâmes fut le fameux général Ramasombazaha. Les Hovas tiennent assez bien sous la fusillade, mais ne résistent pas au canon, encore moins à la baïonnette. Les premiers engagements ne furent que des escarmouches qui ne valent pas la peine d'être citées.

» La première action sérieuse fut le combat de Maroway, où les Hovas étaient en force.

» Maroway, gros village, situé sur une hauteur, à proximité du fleuve, est considéré comme une sorte de lieu de pélerinage par les Hovas, qui y viennent visiter les tombeaux des ancêtres. Deux précédentes tentatives pour nous en emparer avaient échoué grâce à l'état du terrain, qui, fin mars et commencement d'avril, n'était qu'un vaste marécage. Cette fois nous avions pris nos mesures pour l'attaquer simultanément et par terre et par eau. C'était le 2 mai, je m'en rappellerai toute ma vie, car c'est ce jour-là que je reçus réellement le baptême du feu.

» Tandis que les canonnières bombardaient les ouvrages de l'ennemi, nos troupes, divisées en trois colonnes, manœuvraient pour investir la place. Chacun brûlait de venger les deux échecs successifs qui nous avaient obligés à retourner à Majunga. Les Hovas, commandés par Ramasombazaha en personne, firent mine de vouloir tenir; mais les obus les chassèrent de leurs retranchements, que nous enlevâmes à la baïonnette, après une courte lutte. Ils lâchèrent pied alors et s'enfuirent sans regarder derrière eux. On les voyait courir dans toutes les directions, leurs larges lambas blancs flottant au vent, comme un vol de papillons gigantesques ; l'état du terrain empêcha malheureusement notre cavalerie de leur couper la retraite ; les chevaux enfonçaient jusqu'au jarret dans ce sol mou et détrempé.

» Ramasombazaha laissa à Maroway ses équipages et ses bagages, que nos soldats n'oublièrent pas de *ramasser*.

» Après quelques jours de repos, nous reprîmes notre route en avant, nous dirigeant sur Suberbieville ou plutôt Maevatana, grand centre industriel créé par un Européen, M. Suberbie, pour l'exploitation des mines d'or, nombreuses dans cette région.

» C'est au cours de cette marche qu'eut lieu l'affaire de Manonga, dont tout l'honneur revient aux tirailleurs malgaches. Nous vîmes alors de quoi seraient capables, bien dirigés, bien encadrés, ces soldats indigènes, de petite taille, mais solides, bien musclés, marcheurs infatigables, quoique allant pieds nus. Sous une grêle de balles, ils s'élancèrent à l'assaut de la position ennemie, massacrèrent à coups de baïonnette les artilleurs hovas qui s'efforçaient de mettre leurs pièces en batterie, culbutèrent l'infanterie et restèrent maîtres du champ de bataille.

» Parmi ces braves était Tiénévraotony, dont, par la suite, je devins l'ami, le fatidrah ou frère de sang.

Un obus éclata au milieu de nous. (page 147)

III. — CONTINUATION DU RÉCIT DE PROSPER.

» Si les balles des Hovas causaient peu de vides dans
nos rangs, il n'en était malheureusement pas de même
de la fièvre, qui commençait ses terribles ravages; chaque
jour, les chaloupes ramenaient à Majunga des centaines
de malades, et nous commencions à nous demander
combien nous serions en arrivant à Tananarive, si jamais
nous y arrivions.

» Jusqu'alors, en effet, notre marche avait été des plus
lentes, entravée, non par l'ennemi, qui fuyait toujours,
mais par mille obstacles, dont le principal était l'état du
terrain : bois, marais, montagnes, où n'existaient,
comme je l'ai déjà dit, que des sentiers souvent inondés,
encombrés de brousses, d'arbustes, de lianes : il fallait se
frayer un passage à grands coups de hache.

143

» Entrevoyant la possibilité d'une marche sur sa capitale, Radama le Grand avait coutume de dire :

— « Deux grands généraux combattront pour moi : le général Fièvre (1) et le général Forêt (2).

» En 1812, les Russes comptaient aussi sur le « Grand Général Hiver ».

» Le Général Hiver n'avait pas empêché les Français d'entrer dans Moscou; le général Fièvre et le général Forêt ne devaient pas nous empêcher de prendre Tananarive et d'y rester.

» Mais ils défendirent vaillamment le pays.

» Grâce au ciel, grâce à ma constitution robuste et sobre, habitué à me serrer le ventre, — car, dans ma jeunesse, hélas! j'ai connu toutes les misères, toutes les privations, — j'étais d'une rare endurance; tandis que les camarades tombaient comme des mouches, j'étais réfractaire aux fièvres, invulnérable aux balles.

» Mais nos misères ne faisaient que commencer.

» Après une longue marche, dans les conditions que je viens de dire, nous arrivâmes, le 9 juin, devant Maevatana, non sans peine; car, avant d'approcher de la ville, il avait fallu traverser le fleuve et passer sur le ventre des Hovas, qui s'étaient fortifiés dans la presqu'île formée au confluent du Betsiboka et de l'Ikiopa.

» Ce premier résultat obtenu, il nous fallait enlever Maevatana, position formidable, dont la citadelle, au sommet d'un rocher, commande tout le pays.

» Pour y parvenir, rien que des sentiers à pic et à découvert. Qu'importe! les obstacles ne devaient pas nous empêcher d'arriver, car, au lieu d'entreprendre le siège en règle de la place, nos officiers nous donnèrent l'ordre de monter à l'assaut.

» Cette manœuvre téméraire était facilitée par une

(1) Général Faso : général Fièvre.
(2) Général Haso : général Forêt.

artillerie puissante, dont les obus à la mélinite allèrent chercher les Hovas jusque derrière les murs de leur citadelle. Ce fut une panique effroyable, tenant de la folie, qui s'empara des soldats de Ranavalo ; les chefs, quinzième ou seizième honneur, donnèrent l'exemple de la couardise en s'enfuyant les premiers, et nous, pendant ce temps, nous gravissions allègrement les pentes rocailleuses : nous n'eûmes qu'à nous présenter pour entrer.

» Comme vous le voyez, mes jeunes amis, les difficultés ne nous vinrent pas du côté de l'ennemi qui ne paraissait que pour disparaître. Dans tout autre pays, cette guerre n'eût été qu'une promenade militaire ; mais ici, c'était le pays lui-même qui se défendait.

» Bien plus audacieux que les soldats de Ranavalo, étaient ces partisans qui harcelaient nos flancs, enlevaient nos convois, nos postes avancés, nos sentinelles isolées.

» Vous me demandez si nous faisions des prisonniers ? Hélas ! pour faire des prisonniers, il aurait fallu entrer en contact avec l'ennemi, et cela ne nous était arrivé qu'une seule fois, à Manonga, où, je vous l'ai dit, nos tirailleurs malgaches se distinguèrent particulièrement.

» Cependant nous ne devions pas tarder à voir l'ennemi de plus près. Le 28 juin, prenant subitement l'offensive, il essaya d'un hardi coup de main pour enlever nos avant-postes qui occupaient le village de Tsarasoatra. Repoussé, il revint à la charge le lendemain, mais sans plus de succès : une charge à la baïonnette suffit pour le disperser. Trop faible pour prendre l'offensive, la petite garnison ne put les poursuivre : cette tentative semblait d'ailleurs prouver que les Hovas étaient en force sur ce point.

» Il fallut aviser, et des renforts, artillerie et cavalerie, furent envoyés de Suberbieville à la petite garnison toujours menacée par l'ennemi.

10

» Celui-ci était réellement en nombre et avait, paraît-il,
la prétention de nous attendre pour nous livrer bataille!
La rencontre eut lieu en pleine montagne, sur les plateaux
du Mont Beritza, où les Hovas avaient installé leur camp.
Elle fut chaude ; mais, comme toujours, notre artillerie,
bien servie, admirablement pointée, démoralisa les Hovas
et une charge à la baïonnette fit le reste. Nous étions maîtres du camp, dont tout le matériel, toutes les tentes et
même un drapeau, le premier pris de la campagne, restèrent entre nos mains.

» Cette victoire nous coûta plusieurs hommes et un
officier.

» La marche en avant continua; mais dans quelles conditions! A mesure que l'on avançait, on jetait des ponts,
on continuait le tracé de la route, kilomètre par kilomètre, tronçon par tronçon. Figurez-vous une maison sans
escalier; pour arriver aux différents étages, le charpentier
pose une première marche, puis une seconde, une troisième, une quatrième, et ainsi de suite, de sorte que l'on
ne peut parvenir au dernier étage que quand l'escalier est
complètement terminé. Nous agissions ainsi, et c'était
bien un véritable escalier que cette route, escaladant des
montagnes tellement raides qu'il fallait doubler les atte-
lages des mulets pour permettre aux voitures de la gravir.
Vous dire ce que cette route nous a coûté de sueur et de
peine serait impossible, comme il serait presque impossible de dire le nombre de ceux qui sont restés là-bas!...

» Au milieu de ces misères, on était joyeux pourtant;
on ne se plaignait que par habitude, pour donner un semblant de vérité à cette tradition qui veut que le Français
ne se trouve bien nulle part.

» En ma qualité de Parisien de Montmartre et d'ancien
camelot, j'étais le boute-entrain de ma compagnie, et souvent, le soir au bivouac, mes chansons, mes contes, ont
amené le sourire sur des lèvres déjà décolorées par la fièvre.

» Le 21 juin, nous étions devant Andriba.

» Cette fois, disions-nous, nous allons assister à une véritable bataille !

» La position des Hovas, en effet, était bien choisie et formidablement fortifiée. L'attaque ne devait avoir lieu que le lendemain, 22, et, pensifs, nous regardions ces hauteurs couvertes de redoutes, ces retranchements, qu'il nous faudrait enlever sous la fusillade et la canonnade.

» Combien resteraient en route !

— C'est ici qu'il faudra montrer du jarret, dis-je aux quatre hommes composant mon escouade.

— Et faire montre d'adresse et d'agilité, ajouta un des hommes.

— Tous n'arriveront pas là haut...

— Bah ! riposta un autre, le pruneau qui doit me tuer n'est pas encore fondu !..

» Au même moment un obus éclata au milieu de nous. Quand le nuage de terre soulevé par l'explosion se fut dissipé, nous aperçûmes notre camarade étendu sur le sol, la tête fracassée.

» Ce pauvre diable devait être la seule victime de la journée.

» Nos canons répondirent aux Hovas, qui tiraient maintenant de toutes leurs pièces, mais sans nous faire aucun mal.

» Toute la nuit, nous restâmes sur le qui-vive; de notre camp, nous pouvions voir les feux de l'ennemi, entendre le crépitement des fusillades qui s'échangeaient entre nos patrouilles et leurs avant-postes.

» Ces feux, ces fusillades n'étaient qu'une ruse : tandis que quelques hommes occupaient notre attention, l'armée hova, cette armée si puissante qui devait nous rejeter sur Majunga, défilait sans tambour ni trompette.

» Andriba était à nous sans combat.

» Septembre approchait; encore un mois et la saison

des pluies commencerait... et nous n'étions qu'à moitié route de Tananarive !

» Comment, sous des pluies diluviennes, continuer la construction de cette route qui avait déjà occasionnée tant de morts? Comment marcher, camper dans un pays où, pendant la mauvaise saison, il tonne presque constamment ?

» Nous ne pouvions reculer pourtant : c'eût été nous avouer vaincus, perdre le fruit de tant de peines et de travaux ; hiverner à Andriba était également impossible, le pays n'offrant aucune ressource.

» Il fallait faire un effort vigoureux, abandonner les convois, les bagages, tout cet attirail encombrant qu'une armée traîne après elle, marcher par les sentiers à peine tracés jusqu'au but, qui était Tananarive.

» Les généraux, avec une admirable confiance en nous, en eux-mêmes, prirent une résolution suprême.

» La France ne pouvait reculer.

» Des 12.000 hommes partis de Majunga, la moitié à peine était disponible, soit 5 ou 6.000 combattants; le reste avait succombé à la fièvre, ou avait été évacué sur les hôpitaux ; un certain nombre occupaient les postes établis le long de la route pour contenir les indigènes et assurer le ravitaillement.

» Les 6.000 hommes restant avaient-ils la prétention de prendre Tananarive?

» Eh bien, oui ! Je vous l'ai dit, l'ennemi n'était pas le Hova, mais cette terrible fièvre paludéenne, cette *malaria* encore mal connue, puisque, comme me l'a expliqué un aide-major, on lui donne plusieurs origines, les uns l'attribuant à la décomposition des plantes, les autres à une sorte de microbe pullulant dans les marécages.

» Et nous nous laisserions vaincre par la fièvre?

» Jamais !

» Par une marche hardie, à condition de ne pas attendre la saison des pluies, on pouvait conjurer le danger.

» On partit donc vers le milieu de septembre.

» Le corps expéditionnaire, ou plutôt ce qui restait du corps expéditionnaire, avait été divisé en trois tronçons opérant à un jour de distance l'un de l'autre. On ne pouvait agir autrement en suivant les sentiers malgaches, où il faut presque constamment marcher à la file indienne. Vous voyez d'ici le développement des colonnes et le terrain qu'elles occupaient !

» Il ne fallait plus compter sur le secours de l'intendance ni des voitures Lefèvre, pour le transport des vivres; nous chargeâmes donc nos sacs d'autant de provisions qu'ils en pouvaient contenir : café, sucre, pain de guerre, extrait de bouillon, viande conservée, etc.; le reste était porté à dos de mulets.

» Nous étions abandonnés à nous-mêmes, nous ne pouvions plus espérer qu'en Dieu !

» Vous dire ce que furent les étapes dans ces conditions, par les défilés des montagnes coupées de ravins, où les eaux s'épandaient en cascades le long des corniches qui longeaient l'abîme ou sur des plateaux dénudés, je ne le ferai pas, laissant à votre jeune imagination le soin de le deviner !

» Nous avions quitté Andriba le 14 septembre; le 15, nous eûmes un premier engagement avec l'ennemi, qui détala après un simulacre de résistance; le 16, le 17, le 18, rien; mais le 19, au matin, nous rencontrâmes une position fortifiée qui nous aurait arrêtés longtemps si nous eussions dû l'enlever de vive force. Les Hovas avaient du canon : ils ne surent pas s'en servir, et, se voyant attaqués à la fois en face et sur les flancs, ils n'essayèrent pas une résistance qu'ils considéraient comme impossible.

» C'était pourtant l'élite de l'armée hova que nous avions maintenant devant nous !

» Singulière élite, qui ne savait que montrer le dos !

» Le pays était maintenant désolé, presque désert; l'ennemi, en se retirant, dévastait, incendiait tout, croyant sans doute nous empêcher de nous ravitailler.

» On brûlait les étapes avec une activité fiévreuse. Presque chaque jour, on avait à tirailler contre un adversaire qui, connaissant le pays, profitait des moindres accidents pour nous tendre des embuscades. Mais si ces embuscades étaient généralement bien placées, les Hovas n'avaient pas le courage de les défendre longtemps; à la première décharge, ils se repliaient précipitamment, et c'était à recommencer plus loin.

» Quelle guerre, mes jeunes amis, que cette poursuite à travers monts et vallées d'un ennemi insaisissable!

» Nous étions exaspérés, nous souhaitions une grande bataille, une immense hécatombe.

» Et c'est ainsi, toujours chassant l'ennemi, sans presque le voir, sans prendre contact avec lui que nous arrivâmes, à quatre kilomètres de Tananarive, devant le village de Sabotsy où les Hovas s'étaient retranchés.

» Enfin! c'est la bataille, le grand corps à corps tant souhaité! Les Hovas défendront leur capitale, leur reine restée au milieu d'eux! Les hauteurs qu'il faudra franchir pour arriver à la ville sont couvertes de fortifications formidablement armées; les moindres saillies de rocher ont des remparts et des canons.

» Nous sommes assaillis par une canonnade infernale. Toutes les pièces tirent à la fois, même celles qui sont hors de portée! Notre artillerie, déjà en batterie, tonne à son tour et éteint le feu de l'ennemi, qui, selon sa louable habitude, n'attend pas l'assaut pour disparaître dans les défilés de la montagne.

» La route de Tananarive est ouverte!

» Il me reste peu de chose à dire : la capitale où s'étaient réfugiées toutes les forces ennemies, était incapable d'une résistance prolongée. Elle tenta pourtant de se défendre, et nous fûmes obligés de nous y reprendre à trois fois pour chasser les gardes de la reine des fortes positions qu'ils occupaient près d'Ambohimangue et d'Ilafy.

» Ce fut le dernier effort : Tananarive ne put supporter un bombardement en règle ; attaquée à 3 heures du soir, elle capitula à 6.

» Quelques minutes après, le drapeau français flottait sur le palais de la reine et nos troupes entraient dans la capitale.

» C'était le 26 septembre 1895.

» Tel est, mes jeunes amis, dit Prosper en terminant, le récit exact de cette brillante campagne, brillante non par ses combats ; car nous avons eu à faire à un ennemi qui se dérobait constamment, mais par les difficultés qu'il nous a fallu vaincre, par l'énergie, l'endurance, la persévérance qu'il nous a fallu déployer dans un pays sans moyens de communication et dans les conditions climatériques les plus défavorables.

» Nous n'avons pas vaincu que le Hova : nous avons dompté ce pays qui, de ce fait, est doublement à nous. »

— Me reconnais-tu ? (page 156)

IV. — Où Joe et Bob reparaissent en scène

La belle saison était revenue. Après les pluies qui l'a-
vaient rafraîchie, lui avaient donné une vigueur nouvelle, la végétation équatoriale étalait toutes ses splen-
deurs dans les plaines, sur les pentes des coteaux, au fond
des ravins les plus sauvages.

Partout la vie renaissait, et, avec la vie, le mouvement,
l'animation, la gaîté.

A Voavazala, maîtres et serviteurs s'adonnaient avec
passion à la culture, sans négliger pour cela l'élevage, la
principale richesse du pays.

En s'enfuyant, le mulâtre et son digne complice avaient
emporté tout l'or, tout l'argent disponibles; mais, si c'é-
tait un malheur, il n'était pas irréparable; et Prigent, on
s'en souvient, avait conservé une centaine de mille francs,

somme plus que suffisante pour faire face aux premiers besoins et attendre les rentrées.

Ses fils partageaient ses travaux, car maintenant qu'il était lancé dans la culture, il voulait leur en donner le goût.

Mais, comme ils étaient secondés par une armée de noirs, le service de l'exploitation leur laissait de grands loisirs; les aînés, Charles surtout, en profitaient pour battre les environs, chasser le sanglier, qui dévastait les rizières, ravageait les champs de manioc et de patates; le chat sauvage, qui faisait une guerre acharnée aux hôtes de la basse-cour.

— C'est dommage qu'il n'y ait ni lièvre ni lapin dans ce pays, disait Charles. Toujours chasser le sanglier et le chat sauvage, cela devient monotone à la fin!

— Malheureux! tu ne sais pas ce que tu dis! s'écria René. Les lapins sont une calamité dans une île. Sais-tu qu'en Australie, où le lapin a été importé par un amateur de gibelotte, il pullule tellement aujourd'hui, il ravage tellement les récoltes, qu'il est devenu un véritable fléau pour l'agriculteur. On ne sait comment s'en débarrasser; des sommes énormes ont été promises à celui qui trouverait le moyen de purger le pays de cette redoutable engeance.

— Et on n'a rien trouvé?

— Rien. Chiens, collets, poison, inoculation de virus, tout a échoué, et les Australiens gardent leurs lapins.

Un soir, un serviteur nouvellement engagé, espèce de métis de nègre et de Hova, vint trouver Charles d'un air mystérieux.

— Maître, dit-il, j'ai trouvé dans le bois toute une portée de chats sauvages. Il y a sept petits âgés de trois semaines, courant déjà. Si vous y alliez de bon matin, vous pourriez prendre le père et la mère avec les petits.

— Eh bien, Ranalo, répondit Charles, viens me réveiller demain au point du jour; nous irons ensemble.

— Le jeune maître peut compter sur moi.

Charles demanda à Edouard s'il voulait être de la partie.

— Non, répondit Edouard, les chasses ne m'amusent pas; je préfère courir le papillon. D'ailleurs, j'ai promis au vieux Abounié d'aller voir son fils malade; j'irai demain.

— Sois prudent, mon fils, dit M⁵⁵ Prigent; tu sais que je n'aime pas ces sorties matinales. Si tu emmenais notre fidèle Tiénévraotony?

— A quoi bon? ta tendresse s'alarme à tort, ma chère mère; les chats sauvages ne sont pas redoutables, et, par ailleurs, quel danger ai-je à redouter dans un pays où tout le monde nous aime, se jetterait au feu pour nous?

Le lendemain de bonne heure, Charles, équipé de pied en cap, armé d'un excellent fusil et de deux revolvers passés dans sa ceinture, partit avec Ranalo à la recherche des chats sauvages.

— Est-ce loin, Ranalo? demanda-t-il.

— A une petite heure, maître.

— En ce cas, pressons le pas.

Le Malgache prit les devants, marchant d'un pas assuré comme vers un but certain. Charles allait derrière lui, bien que la route qui desservait les plantations, fût assez large pour livrer passage à une charrette; mais, dans ce pays, l'habitude est telle que l'on marche rarement deux de front.

Ils traversèrent le village et entrèrent dans la forêt.

Ici, plus de route, rien que des sentiers à peine tracés. Les arbres, d'une hauteur prodigieuse, poussaient si près les uns des autres qu'ils se touchaient presque, confondaient leurs frondaisons, que les rayons du soleil avaient peine à percer. Une demi-obscurité régnait sous le fourré épais; à chaque pas, le pied s'embarrassait dans les lianes rampantes, faisait lever des milliers de serpents ou

« bibyis », longs parfois d'un mètre, mais plus répugnants que dangereux.

— C'est ici, dit Ranalo, en désignant une clairière que l'incendie avait ménagée au milieu de la forêt.

Charles arma son fusil. Au même instant, plusieurs hommes surgirent de derrière les troncs des tamarins géants où ils s'étaient cachés, bondirent sur le jeune homme, le renversèrent et le garrottèrent.

Charles, maintenant âgé de 16 ans, était un solide gaillard, grand, bien découplé ; mais l'agression avait été si soudaine, si imprévue, qu'il n'avait pas eu le temps de se mettre en défense.

— Lâches ! cria-t-il, que voulez-vous de moi ?

— Tu vas le savoir, fit une voix dont le timbre métallique le fit tressaillir.

Et un homme, écartant les noirs qui entouraient Charles, se campa devant le jeune homme.

— Me reconnais-tu ? interrogea-t-il.

— Je ne vous connais ni ne vous reconnais.

— Les tiens me connaissent... Je suis Joë Curry, Joë Curry, entends-tu, que ton père a dépossédé, qui a juré de se venger.

— Vous êtes Joë Curry ! dit Charles avec un mépris hautain. Oui, vous avez raison, je ne vous connais que trop, vous êtes un faussaire, un empoisonneur, un sacrilège !

— Tais-toi ! oh ! tais-toi ! rugit Bob, en se précipitant le couteau levé.

— Bas les armes ! ordonna le mulâtre. Sa mort ne nous serait d'aucune utilité. Il faut le garder vivant pour attirer les autres.

— Lâches ! répéta Charles, qui essaya de se lever et de briser ses liens.

Mais cet effort était au-dessus de ses forces, et il retomba en murmurant·

— Mon père !.. ma mère !..

Sur un signe de Joë, les noirs approchèrent une filanzane fermée ; ils y jetèrent Charles, toujours garrotté, refermèrent les rideaux de cuir et partirent en courant dans la direction du sud.

Joë, Bob et un troisième personnage, qui n'était autre que le chef sahavalo Ramazazaha, restèrent seuls.

— C'est le premier, dit le mulâtre ; les autres auront leur tour.

Et, arrachant une feuille de son carnet, il y traça quelques mots en gros caractères et la cloua au tronc d'un arbre avec une épine de copalier.

— Je leur laisse ma carte de visite, dit-il en riant ; il faut qu'ils nous poursuivent.

— En route ! conseilla Bob. J'aime mieux être loin que près de cette ferme maudite. Si Prosper allait survenir ?

— Oh ! celui-là, un coup de revolver ou de couteau nous en débarrassera. Laissons partir la filanzane, nous avons autre chose à faire ici.

Et, prenant Bob sous le bras, il l'entraîna dans une direction autre que celle qui était suivie par la filanzane.

A la ferme, à 10 heures, moment où, sous ce ciel de feu tout travail devient impossible, la famille était à table.

On n'attendait plus que Charles.

— Il se sera attardé à la poursuite des chats sauvages, dit Prigent. Commençons sans lui.

Un quart d'heure, une demi heure se passèrent ; Charles ne revenait pas...

Mᵐᵉ Prigent commençait à se sentir inquiète.

— Le méchant enfant ! dit-elle. Il sait pourtant que je ne vis pas quand l'un ou l'autre s'attarde.

— Sois raisonnable, répondit Prigent. Charles n'est plus un enfant ; il faut lui laisser une liberté nécessaire

dans ce pays. Nous allons le voir revenir confus et repen-
tant.

— S'il avait été victime d'un accident?

— Il n'était pas seul, nous le saurions.

Le déjeuner était expédié depuis longtemps, et Charles
ne revenait toujours pas.

Prigent, à son tour, sentait l'inquiétude l'envahir.

— Tu dis qu'il est allé chasser le chat sauvage? demanda-t-il à Edouard.

— Oui, les nègres les ont vus, Ranalo et lui, se diriger
vers le bois.

— Il faut aller au devant de lui.

Et, s'équipant rapidement, Prigent fit signe à Prosper
et à Edouard de l'accompagner.

Il était midi. Le soleil tombait d'à plomb brûlant la
terre. Personne dehors : les noirs dormaient dans leurs
cases; les animaux, les oiseaux, s'étaient enfuis au fond
des bois.

Prigent marchait le premier. On atteignit bientôt la
forêt, dont la fraîcheur paraissait délicieuse au sortir de
la plaine, chauffée à blanc comme une fournaise. Mille
sentiers se croisaient en tous sens, et nos amis, les yeux
baissés, scrutaient le sol pour essayer d'y relever les em-
preintes des chasseurs; mais l'herbe haute et touffue ne
gardait aucune trace. Alors, convenant d'un cri de rallie-
ment, ils se séparèrent, suivant chacun un sentier diffé-
rent, obligés parfois de couper les lianes, les arbustes,
pour se frayer un passage.

Les heures s'écoulaient; la forêt maintenant devenait
sonore, s'emplissait de bruits. On entendait le sifflement
des reptiles, le gazouillis des oiseaux, le murmure des
eaux, les appels des singes gambadeurs, se poursuivant
de branche en branche, le cri rauque des perroquets noirs;
parfois la brousse s'ouvrait pour laisser passer une laie

suivie de ses petits, un chat sauvage en quête d'une proie.

Soudain Prigent, harrassé, profondément découragé, entendit un cri strident, le pihuit des gavroches parisiens.

— C'est Prosper, dit-il en tressaillant ; il a trouvé quelque chose !

Il s'empressa de courir dans la direction d'où le cri, qui, d'ailleurs, se répétait d'instant en instant, était parti, et déboucha dans la clairière, où il aperçut Prosper, pâle, l'œil morne, adossé contre un arbre.

— Mon Dieu ! dit-il, un malheur est donc arrivé ? Parlez, je serai fort...

Edouard arrivait au même moment.

— J'ai entendu votre cri. Que se passe-t-il ?

Silencieusement, Prosper leur montra le centre de la clairière, où l'herbe foulée indiquait que ce lieu avait été le théâtre d'une lutte récente. A quelques pas de là un fusil était resté sur le sol : le fusil de Charles...

— Charles a été attaqué ! Mais, par qui ? Il n'y a pas de malfaiteurs dans le pays.

— Vous croyez ! fit Prosper avec un sourire amer. Regardez...

Et, du doigt, il indiqua un chiffon de papier cloué au tronc d'un palmier.

D'un mouvement convulsif, Prigent arracha le papier et y lut ces mots :

« Nous en tenons un, les autres suivront de près. Nous nous reverrons, Prigent !.. »

— Lui ! mon fils est perdu ! s'écria Prigent, en froissant le papier dans sa main crispée. Oh ! sa pauvre mère...

— Oui, répondit Prosper, Joë Curry !.. lui ! toujours lui ! Oh ! quand j'étais là-bas, j'aurais dû tordre le cou à ce maudit, et Dieu m'aurait absout.

— Mon fils enlevé, au pouvoir de ce bandit ! Nous sommes armés, poursuivons-le...

— Le rapt a certainement été perpétré dans la matinée, les misérables doivent être loin à cette heure.

— Ils l'ont peut-être tué! s'écria Prigent la tête en feu.

— Non, leur intention n'est pas de le tuer. Ils espèrent que nous les poursuivrons, et ils veulent nous attirer dans quelque traquenard.

— Que faire, mon Dieu? dit en gémissant le malheureux père. Je suis sans force, sans volonté, je ne sais qu'une chose : mon fils est en danger, et je ne puis le secourir...

— Mon père! murmura Edouard.

— Rentrez à la ferme, dit Prosper. Moi, je vais essayer de retrouver la piste des bandits. Attendez-moi sans impatience, je vous apporterai certainement des nouvelles.

Et, laissant ses amis, il s'éloigna dans la direction prise par les bandits.

Prigent et Edouard retournèrent à la ferme lentement, s'éloignant à regret de ce lieu maudit. Et la mère, comment lui apprendre la terrible nouvelle?

En les voyant revenir seuls, pâles, abattus, Mᵐᵉ Prigent eut l'intuition d'un malheur. Elle s'élança vers son mari, et, d'une voix qu'elle s'efforçait de rendre calme, mais qui vibrait de douleur, elle s'écria :

— Vous revenez seuls?.. Charles? mort, peut-être?..

— Non, répondit Prigent : enlevé par le mulâtre.

— Enlevé, mon Charles!.. Et vous n'avez pas poursuivi son ravisseur? vous êtes là encore?.. Eh bien, j'irai moi, je me traînerai sur les genoux s'il le faut, mais j'arriverai, je rejoindrai cet homme, je lui demanderai mon fils... Il aura peut-être pitié des pleurs d'une mère...

Les sanglots brisaient sa voix; elle tremblait comme la feuille au souffle du nord.

— Jeanne, supplia Prigent, reviens à toi! nous retrouverons notre fils, nous le sauverons.

— Il faut prévenir la Justice, dit René.

— La Justice? Que pourra-t-elle dans ce pays perdu? Non, nous devons agir par nous-mêmes, chercher, fouiller tout le pays s'il le faut. J'attends Prosper; s'il n'est pas revenu ce soir, je partirai seul.

— Je t'accompagnerai, s'écria M⁰⁰ Prigent.

— C'est impossible. Et François, cet enfant de huit ans, pouvons-nous l'emmener?

— Et moi? dit Edouard.

— Toi, tu es un homme maintenant, tu resteras pour défendre, protéger ta mère et ton jeune frère. Je n'emmènerai que René, Prosper et Tiénévraotony.

Le soir, Prosper revint comme il l'avait promis. Il avait pu suivre la piste des bandits, chose facile, ceux-ci n'essayant pas d'effacer leurs traces; il avait su, par les indigènes, qu'une troupe assez nombreuse, escortant une filanzane aux rideaux de cuir hermétiquement fermés, avait traversé le pays, paraissant se diriger vers le sud-ouest. A n'en pas douter, cette bande était composée des gens qui avaient enlevé Charles, et cette filanzane mystérieuse était celle où l'on avait enfermé le malheureux jeune homme.

En revenant, Prosper avait eu une idée : on sait que c'était sa spécialité.

Il avait ordonné au chef des engagés, homme dévoué, aimant ses maîtres, de venir s'établir à la ferme avec sa famille.

Les préparatifs du départ ne furent pas longs : chaque homme, vêtu de toile, chaussé de fortes bottes, n'emportait qu'une couverture, des vivres dans un havre-sac, un fusil, deux revolvers, un poignard et une bonne provision de cartouches.

Pendant ces préparatifs, M⁰⁰ Prigent priait et pleurait.

11

La pauvre femme se demandait avec une poignante douleur si, après son fils, elle n'allait pas perdre son mari. Elle se sentait prête à lui crier : « Reste! reste! » Mais, à la pensée de Charles et du danger qu'il courait, elle eût voulu tout braver, se sacrifier elle-même pour le secourir.

— Du courage, pauvre mère! dit Prigent aussi ému qu'elle, Dieu veillera sur nous. Je te le promets, je te le jure, je ramènerai ton fils.

Puis à Edouard :

— Veille bien sur ta mère et sur ton frère; songe que, dès ce moment, ils n'ont plus que toi pour les protéger.

Les adieux furent déchirants. Prigent embrassa une dernière fois sa femme et ses fils, puis sortit en disant :

— Dieu nous assiste et fasse triompher la justice !

Prosper, d'un coup de perche... (page 165)

V. — Où PRIGENT ET SES AMIS COURENT UN TERRIBLE DANGER. — NOUVEAUX EXPLOITS DE JOE.

Le territoire des Betsiléos, qu'arrosent mille cours d'eau, affluents de la rivière Tsijobonina, n'est qu'une succession de plaines et de collines, ramifications des deux principales chaînes de montagnes de l'île, les monts Bougolava à l'est, les monts Ankaratra à l'ouest.

Cet immense territoire a peu d'habitants; aussi voyaget-on des jours entiers sans trouver trace de culture, sans rencontrer une case où demander l'hospitalité; les troupeaux de bœufs et de moutons, que l'on aperçoit dans la plaine, semblent y vivre à l'état sauvage.

Les peuplades, disséminées au bord des cours d'eau, sont à peu près indépendantes; il faudrait des forces trop considérables pour occuper le pays d'une façon permanente.

163

Un soir de juin, quatre hommes bivouaquaient sur une pente rocheuse dominant la Tsigobowina, dont les eaux, semblables à une large coulée d'argent, serpentaient entre deux rives de granit hautes, escarpées, sans autre végétation qu'une brousse serrée, des buissons d'arbustes épineux.

Ces hommes, sauf le plus âgé, vrai type du malgache, paraissaient être des Européens. Nous disons paraissaient, au lieu de dire étaient : en effet, leurs vêtements en lambeaux n'étaient plus que des haillons sans forme, sans couleur ; leurs traits amaigris, brûlés par le soleil, ravagés par la fièvre, appartenaient plutôt à des spectres qu'à des hommes.

Tandis que le Malgache, retiré à l'écart, semblait perdu dans la contemplation du pays, que deux de nos inconnus causaient à voix basse, le quatrième ouvrait des noix de coco, tout en surveillant la cuisson d'un quartier de porc sauvage embroché dans une baguette, dont les extrémités reposaient sur de petits bâtons fourchus.

— Là, dit-il tout à coup, les patates cuisent sous la cendre, le rôti est presque à point ; je n'ai plus qu'à aller chercher de l'eau pour faire le café, que nous prendrons dans ces jolies tasses de noix de coco, et à servir le dîner

— L'eau n'est pas loin, dit un des causeurs, en désignant la rivière.

— Mais je n'en veux pas ! Cette eau, toute fraîche, toute limpide qu'elle paraisse, est peut-être contaminée, roule peut-être des germes de fièvre. Nous boirons l'eau que je vais recueillir sous ces feuilles de ravenala que j'aperçois là-bas. Ce sera plus sain. Quel trésor que cet arbre si bien nommé l'« arbre du voyageur »! Ses feuilles lui fournissent un toit, de l'eau, des vêtements, un chapeau, et peuvent encore remplacer les nappes, les serviettes et les assiettes. On peut bien dire que le ravenala est aussi utile aux Malgaches que le phormium aux néo-Zélandais, l'alfa aux Algériens.

— Toujours insouciant, Prosper?

— Non, monsieur Prigent, pas insouciant, mais calme. A quoi nous servirait-il de nous torturer l'esprit? Nous nous sommes donnés une mission : tâchons de conserver nos forces, notre lucidité d'esprit pour l'accomplir...

Prigent, car c'est lui et ses amis que nous retrouvons perdus en plein pays Betsiléo, poussa un soupir.

— Voilà plus d'un mois que nous sommes en campagne, exposés à tous les périls, et nous ne sommes pas plus avancés que le premier jour, dit-il.

— Nous n'avons pas perdu la piste, c'est le principal. Ces gaillards-là semblent d'ailleurs prendre à tâche de nous indiquer la route à suivre; ils n'effacent pas les traces de leurs campements, ne prennent même pas la précaution de couvrir leurs feux.

— Mais nous ne les avons pas rejoints.

— Heureusement! Que ferions-nous quatre contre peut-être cinquante? L'important, monsieur Prigent, c'est de connaître leur repaire. Une fois ce repaire découvert, nous agirons, non par force, mais par ruse.

— Vous avez une idée?

— Pas encore, mais je trouverai. Ah! si je pouvais me déguiser en sauvage, en sikidi, je me mêlerais à eux et je leur en apprendrais des tours de passe passe... comme à Bob! Mais pas mèche! A la rigueur, je pourrais encore barbouiller mon visage, pas mal culotté déjà par le soleil, noircir la filasse de mes cheveux. Malheureusement, c'est mon nez, mon coquin de nez retroussé à la montmartroise, qui me trahirait... Jamais Malgache ou Hova n'eût nez pareil...

Prigent ne répondit pas.

Nos amis étaient en route depuis plus d'un mois. Ils

avaient renoncé à se servir de chevaux; ces quadru-
pèdes, inconnus à Madagascar, eussent trop attiré l'attention sur eux. D'ailleurs, dans ce pays sans route,
hérissé de montagnes, coupé de rivières et de marais,
quels services eussent-ils pu leur rendre? Quant aux
filanzanes, elles exigeaient un personnel trop nombreux
pour des gens qui voulaient se cacher. Ils étaient donc
partis à pied, sous ce soleil de feu, comme les coureurs
des bois, marchant le jour, une partie de la nuit parfois,
couchant, quand ils se sentaient à bout de forces, dans
des cavernes, dans des trous de rocher, où il leur fallait
allumer du feu pour faire fuir les serpents.

Juin, juillet : c'est l'hiver dans l'hémisphère austral;
mais, à Madagascar, on ne se ressent pas de l'hiver; à peine,
en cette saison, une brume légère le matin et le soir in-
dique-t-elle un changement presque imperceptible dans
la température.

Pour vivre, nos amis ne devaient compter que sur eux-
mêmes; la chasse de Tiénévraotony, aussi habile à se
servir du fusil qu'à lancer la sagaie, l'industrie de Prosper,
toujours débrouillard, ne s'embarrassant jamais de rien,
subvenaient heureusement à leurs besoins.

Ils suivaient constamment la piste des bandits qui
avaient un jour d'avance sur eux et conservaient cette
distance. Mais par quels chemins Joë et sa bande, qui
avaient intérêt à éviter les lieux fréquentés, les faisaient-
ils passer?..

— A table ! dit Prosper, qui revenait avec ses bidons
pleins de cette eau fraîche, limpide comme une rosée,
qui se conserve à la base des feuilles du ravenala.

On expédiait le rôti, quand, soudain, Tiénévraotony fit
entendre un léger cri.

— Là, dit-il, en étendant la main.

De l'autre côté de la rivière, large en cet endroit comme
un bras de mer, se détachant en noir sur le fond rouge

des rochers, défilait une longue caravane composée de plusieurs filanzanes fermées et d'une cinquantaine de nègres, armés pour la plupart de fusils et de sagaies.

Prigent n'y put tenir.

— Charles!.. cria-t-il en ouvrant les bras, Charles! mon fils!

D'un mouvement brusque, Prosper le força à se coucher dans la brousse. Mais il était trop tard, le cri angoissé du malheureux père avait été entendu.

Cinq ou six coups de feu retentirent; les balles mal ajustées vinrent s'aplatir contre les rochers.

— Bas les armes! cria une voix stridente, que nos amis reconnurent pour celle du mulâtre, je les veux vivants! Prigent, continua-t-il, tu ne connais pas encore toute l'étendue de ton malheur... Sans adieu, car tu l'as dit toi-même, nous nous reverrons!..

La nuit tombait.

— Ils ont traversé la rivière plus haut; voilà pourquoi nous avions un instant perdu leur trace, dit Prosper. Quelle imprudence de crier ainsi! Nous les voyions et ils ne nous voyaient pas; nous n'avions qu'à les suivre pour connaître leur repaire. Maintenant tout est compromis; ils peuvent nous tendre une embuscade dans la montagne...

Et, se frappant le front :

— Ils se dirigent vers l'est, c'est une indication. Eh bien! nous prendrons la même direction, mais pas le même chemin.

— Que dites-vous?

— La rivière! s'écria Prosper. Nous avons la nuit pour leur échapper, les devancer. Ne perdons pas une minute.

Abandonnant leur repas, les quatre hommes descendirent rapidement au bord de l'eau. Il y a toujours du bois flotté dans les rivières malgaches. Avec une longue perche, car on ne pouvait entrer dans l'eau, de peur d'être happé par un caïman, Prosper harponna plusieurs troncs dérivés du courant, et Tiénévraotony les assembla en forme de radeau, au moyen de cordes en filasse de coco, rapidement tressées.

Puis, entre les troncs ainsi réunis, il planta des touffes de bambou, des bouquets de feuilles de ravenala, pour donner au radeau l'aspect d'un de ces îlots flottants que charrient souvent les rivières malgaches.

— Embarque! embarque! cria Prosper, qui, sa longue perche à la main, s'apprêtait à faire l'office du timonier.

Nos amis sautèrent sur ce navire improvisé, que Prosper, d'un coup de perche, lança au milieu du courant, en disant comme les matelots :

— *Adieu va! !*...

La nuit était complète, mais des milliers d'étoiles semaient d'une poussière diamantée l'immense étendue des cieux; la Croix du Sud brillait comme une reine au milieu de ces innombrables constellations.

Le courant rapide emportait le radeau.

La nuit se passa ainsi.

Au point du jour, Prosper, toujours à l'arrière, maniant sa longue perche, comme une rame, pour maintenir la fragile embarcation au milieu de la rivière, dressa l'oreille avec inquiétude. Au loin, un grondement, sourd d'abord, mais s'accentuant de seconde en seconde, se faisait entendre; la rivière soulevait des vagues empanachées d'écume, le courant devenait plus violent.

— Une cataracte!.. s'écria Prosper, en essayant de modifier la marche du radeau, de le faire dévier vers la rive.

Tous, comprenant l'imminence du danger, se précipitèrent pour aider à la manœuvre. Ce fut en vain : pris dans ce courant qui s'accélérait avec la vitesse de la foudre, le radeau ne dévia pas d'une ligne, continua sa course vertigineuse vers le point de la rivière où apparaissaient déjà de noirs récifs fouettés d'écume.

— Dieu nous ait en sa sainte garde, ou nous sommes perdus ! murmura René.

— Tu ne connais pas encore toute l'étendue de ton malheur !.. avait crié Joë à Prigent.

Ces paroles étaient-elles une simple bravade ?

Pour répondre à cette question, il nous faut retourner à la ferme.

Edouard, prenant son rôle de protecteur au sérieux, installa la famille du chef du village dans une des pièces du rez-de-chaussée ; puis, en compagnie du Malgache, il alla verrouiller toutes les portes, celles de la cour comme celles de la maison, puis cadenasser tous les volets.

— Nous serons en sûreté cette nuit, dit-il.

M⁻ Prigent priait toujours, tenant son petit François serré contre sa poitrine.

— Chère mère, lui dit Edouard, il faut te reposer.

— Me reposer, quand Charles a disparu, quand ton père court peut-être au devant de la mort !..

— Il le faut, répéta le jeune homme avec fermeté. Ces larmes t'enlèvent tout courage et tu as besoin d'être forte. Dieu, qui veille sur ses créatures, ne laissera pas le crime impuni. Mais il faut avoir confiance et ne pas s'abandonner au découragement.

Cet enfant de quatorze ans, conscient de la responsabilité qui pesait sur lui, parlait maintenant comme un homme, et M⁻ Prigent se laissa convaincre.

Le lendemain, plaçant la femme et les filles du chef auprès de M⁻ Prigent, Edouard se rendit au village, donna des ordres pour le travail de la journée, en surveilla l'exécution et ne rentra que le soir.

Trois jours se passèrent ainsi. Dans les rares moments où ils se réunissaient, M⁻ Prigent et ses enfants par-

laient des absents, dont on ne pouvait recevoir des nouvelles. La ferme, quelques jours auparavant, si gaie, si
joyeuse, était maintenant close et silencieuse comme un
tombeau.

Un matin, comme Edouard sortait pour aller visiter
les travaux, un Malgache, portant l'uniforme des mili-
ciens au service de la France, se présenta à lui.

— Je désire parler à Mme Prigent, dit-il, en un français
assez pur.

— Ma mère?.. Que lui voulez-vous? Elle ne peut recevoir personne.

— Personne? Pas même le messager envoyé par son
mari?

— Vous venez au nom de mon père? s'écria Edouard;
en dévisageant le messager.

Celui-ci soutint l'examen sans broncher.

— Oui, dit-il. Le Vaza a rejoint les ravisseurs de son
fils. Mais ils étaient en nombre, et il a dû leur livrer
bataille: Il aurait succombé, si, passant non loin de là,
attirée par les coups de feu, ma compagnie n'était inter-
venue. Malheureusement, dans la lutte, il a été...

— Tué? interrompit Edouard.

— Non, puisque je viens de sa part, mais blessé grièvem-
ent d'un coup de sagaie en pleine poitrine. Nous l'avons
transporté dans un village voisin; il demande sa femme,
ses enfants.

— Pourquoi mon frère n'est-il pas venu lui-même?
demanda Edouard, qui se sentait envahi par une défiance
instinctive.

— Pourrait-il quitter son père mour... blessé dangereusement?

— C'est juste. Venez; ma mère décidera.

Quand Mme Prigent apprit ce nouveau malheur, elle devint pâle comme un suaire.

— Mon mari blessé!.. partons, dit-elle.

— Mais, ma mère, si c'était un piège de nos ennemis ?

— Il retomberait sur eux ! Puis-je hésiter ? C'est un piège, dis-tu ; mais si c'est la vérité, si ton père nous attend, s'il est dangereusement blessé ? Non, toute hésitation serait criminelle : il faut partir.

— Prenez autant d'hommes que vous le voudrez, dit le Malgache.

— C'est inutile. Si vous êtes réellement l'envoyé de mon mari, nous n'avons rien à craindre ; si vous êtes un ennemi, votre piège est bien ourdi, et cent hommes ne nous en tireraient pas.

Sur l'ordre d'Edouard, des filanzanes avaient été préparées ; le Malgache prit la tête du cortège, qui s'ébranla et disparut dans la direction du nord-ouest.

On voyagea toute la journée à cette rapide allure des bourgeanes qui se remplacent sans un arrêt, sans une secousse, aux brancards de ces étranges véhicules, dont nous avons donné la description. Comme on marchait sous bois, il ne fut pas nécessaire de faire halte pendant les heures chaudes ; on arriva à une sorte de campement installé au bord d'un petit étang, à l'ombre des aréquiers et des ébéniers.

— Donnez-vous la peine de descendre, Madame, que je vous présente à votre fils, dit le milicien avec un sourire ironique.

Au même moment, un jeune homme assis sur un tronc abattu, se leva et courut à M⁰⁰ Prigent.

— Charles !

— Ma mère !

Les deux cris se confondirent.

— Mais, mon père, je ne le vois pas ? dit Charles.

— Ton père ?.. N'est-il pas ici ? Ne nous attend-il pas ?

Charles poussa un cri de rage.

— Les démons ! dit-il, ils t'ont tendu un piège... Mon père n'est pas ici...

— Mais il vous rejoindra bientôt! fit le mulâtre, qui s'était lavé le visage et avait enlevé sa fausse perruque de Malgache.

Et, considérant ses victimes prostrées, terrassées par ce dernier coup :

— Nous tenons la couvée... beau coup de filet! dit-il.

— Oui, répondit Bob, mais le père nous échappe.

— Oh! maintenant, il viendra se faire prendre de lui-même... Quand l'oiseleur tient la mère et les petits, il n'a plus qu'à ouvrir la main pour prendre le père : mais assez causé, en route!

Il donna un ordre; les bourgeanes amenèrent des filanzanes fermées et y firent monter M⁰⁰ Prigent et ses enfants.

— Tout ça, c'est bien, très bien même, murmura Bob; mais je ne serai tranquille que quand nous aurons pris Prosper... et encore!..

— Misérable! dit Charles... (page 176)

VI. — CAPTIVITÉ ET DÉLIVRANCE. — COMMENT PRIGENT ET SES AMIS AVAIENT ÉCHAPPÉ A LA MORT.

La nuit était venue, quand les prisonniers et leur escorte firent leur entrée dans le village d'Andrianinia, résidence du chef Fahavalo Ramazazaha.

Malgré l'heure tardive, une réception enthousiaste avait été préparée au chef, qui avait fait annoncer son retour par un courrier. Toutes les cases étaient éclairées; la population entière était sur pied, prête à acclamer les vainqueurs, à maudire les Vazas prisonniers.

Si le Malgache a pour le Vaza, qu'il considère comme un être d'essence supérieure, un respect tenant de l'adoration, par contre, le Hova hait profondément cet ennemi héréditaire, qui s'est imposé à lui, l'a dépouillé de son prestige et de sa puissance.

177

Or, les Fahavalos, bandits et pillards redoutables, appartiennent presque tous à la race des Hovas.

Dans cette foule grouillante, d'où partaient des menaces, des cris de mort, passaient et repassaient des sikidis ou prêtres de l'ancienne religion, des sorciers, des jongleurs, en tête desquels paradait notre ancienne connaissance, l'Ombiache Antinorou.

Ranavalo a pu, par décret, convertir ses peuples au protestantisme; elle n'a pu leur faire renier leurs anciens usages, oublier leurs antiques superstitions. Les Malgaches croient encore à la puissance des talismans, à l'influence des fétiches; ils ont conservé le culte des ancêtres, ils célèbrent, comme par le passé, la fête des funérailles. Quelques-uns même ont conservé l'habitude du tatouage; ils portent aux chevilles, aux poignets, de larges bracelets d'or, d'argent ou de cuivre.

Dans beaucoup de villages, les épreuves judiciaires par l'eau bouillante, le feu, et surtout le tangbin, ce redoutable poison, dont les anciens souverains de l'île avaient fait un moyen de gouvernement, sont toujours en honneur.

Il n'est pas rare, aujourd'hui encore, de voir des familles entières, soupçonnées d'un crime ou d'un sacrilège, soumises à cette sorte de jugement de Dieu, obligées pour se disculper d'absorber le terrible poison.

Cet usage barbare tend cependant à disparaître; dans certaines régions, c'est sur les bestiaux, les volailles des parties adverses que l'on fait l'essai du poison : la partie, dont les bœufs, les moutons, les poules succombent, est déclarée coupable.

Nous ne surprendrons personne, en disant que les sikidis savent admirablement aider à la manifestation de la vérité (!), en diminuant ou en augmentant à propos la dose de poison, en le supprimant totalement même : ce n'est qu'une question d'argent.

Cependant le cortège était entré dans le village. En tête, marchait Ramazazaba, brandissant une large sagaie d'argent, l'arme nationale par excellence, qui, dans les grandes solennités, remplace le fusil adopté par tous aujourd'hui; puis venaient Joë, Bob, enfin les filanzanes des captifs entourés de gardes.

— A mort, les Vazas! hurlait la foule.

Des mains armées de couteaux se tendaient; des énergumènes, au milieu desquels se voyaient des femmes portant leurs enfants à califourchon sur la hanche ou dans des pagnes suspendus à leurs épaules, entouraient les filanzanes, voulant contempler les Vazas, jouir de leur douleur, de leur humiliation.

Mᵐᵉ Prigent et ses enfants croyaient leur dernière heure venue.

— Mourir sans pouvoir se défendre! murmurait Charles, dont les poings se crispaient de colère.

Mais, d'un geste, l'Ombiache Antinorou, préalablement stylé par le mulâtre, apaisa cette tempête.

— Le moment n'est pas venu, dit-il; le chef de cette famille maudite nous échappe encore; attendons qu'ils soient tous réunis, pour en faire un sacrifice agréable aux Génies de Tani-Bé.

La foule protesta.

— Calmez vos impatiences légitimes, braves guerriers hovas, dit alors le mulâtre. En attendant l'heure de l'expiation, qui ne tardera pas à sonner, je vous offre vingt bœufs et dix tonnelets de rhum. Réjouissez-vous et buvez à l'extermination de la race des Vazas!

Un cri immense, cri d'enthousiasme et de délire, répondit aux dernières paroles du mulâtre.

— Voilà comment on retourne les foules, dit-il à Bob.

Une case vaste, spacieuse, séparée en plusieurs pièces par des cloisons en feuilles de ravenala, avait été préparée pour recevoir les prisonniers.

— Entrez là, dit le mulâtre, il ne vous sera fait aucun mal; on aura pour vous le même respect, les mêmes égards que pendant le voyage. Mais n'essayez pas de fuir; vous êtes gardés à vue et mes hommes ont reçu l'ordre de tirer à la première alerte.

— Que voulez-vous faire de nous? à quelles tortures nous réservez-vous? demanda M⁰⁰ Prigent, en joignant les mains.

— Le peuple décidera.

— Le peuple, gorgé, enivré par vous, fera votre volonté, répliqua Charles avec hauteur.

— Eh bien, oui, c'est moi qui commande ici! s'écria Joë avec emportement. Eh bien, oui, votre sort est entre mes mains. Mais je ne veux pas priver Prigent de cette fête, je ne veux pas séparer le père de sa famille... vous devez tant vous aimer!..

— Misérable! dit Charles, Dieu, à la fin, se lassera de tant d'iniquités.

— Dieu!.. Demande à l'oncle Prigent, qui l'invoquait à son heure dernière, si ce Dieu est venu à son aide.

Et, après ce blasphème d'une ironie sanglante, il s'éloigna, suivi de son inséparable Bob.

Dans le village, on n'entendait que des cris, des chants joyeux.

— Mes enfants, dit M⁰⁰ Prigent, il faut nous préparer à mourir.

— Non, fit Charles, les bandits nous laisseront du temps, et mon père est libre sur nos traces. Ce cri, que nous avons entendu hier, c'est lui qui l'a poussé.

— Prions, répondit M⁰⁰ Prigent.

Joë et Bob avaient traversé le village, partout salués, partout acclamés, car le mulâtre, prodigue, généreux, quand il s'agissait de sa vengeance, ne ménageait pas les quarts de piastre, les barils de rhum; il était plus maître

A mort, les Vazas ! (page 175)

de la population que Ramazazaba lui-même, instrument inconscient entre ses mains.

— Que ferons-nous des prisonniers? demanda Bob.

— Le sais-je? Tout dépend de la capture de Prigent. Quand je le tiendrai, quand je n'aurai plus qu'à fermer la main pour étouffer cette race maudite, j'aviserai... Je les livrerai peut-être au peuple, qui, par la sagale ou le tanghin, en fera prompte justice; mais je tuerai ce Prigent de ma main... Alors nous serons libres.

— Et riches! acheva Bob.

— Oh! riches! Est-ce que les deux cent mille dollars que nous avons cachés constituent une fortune? Deux cent mille dollars, un million de France, cela ne fait que cinq cent mille francs pour chacun de nous... J'avais rêvé mieux.

— C'est vrai, murmura Bob pensif; cela ne fait que cinq cent mille francs pour chacun!

— Rentrons, poursuivit le mulâtre. Nous tenons la mère, les enfants : il nous faut maintenant le père; il nous a suivis, il est ici, nous l'avons vu hier. Il ne nous reste plus qu'à resserrer les mailles du filet dans lequel il viendra se faire prendre lui-même.

— Cinq cent mille francs seulement! murmurait Bob, qui, tout à ses pensées, n'avait rien entendu de ce que disait son complice. . . . .

. . . .

Dans la cabane qui leur servait de prison, Mᵐᵉ Prigent et ses enfants priaient toujours.

Soudain, plusieurs des planches formant le fond de cette prison s'écartèrent et tombèrent sans bruit, et, à la pâle clarté des astres, Mᵐᵉ Prigent vit un homme se précipiter, en appelant :

— Charles! Charles, c'est moi!

— Mon mari! s'écria Mᵐᵉ Prigent.

— Jeanne, toi ici!.. Toi et les enfants! Je rêve!..

— Non, mon ami ; nous avons aussi été victimes de ces misérables ; mais te voilà : nous sommes sauvés...

— Oui, sauvés! dit Prigent, les tenant tous quatre serrés contre sa poitrine. Nous avons couru de grands dangers, vu la mort de bien près ; mais cette heure me paie délicieusement de toutes mes souffrances : Dieu nous a réunis !..

— Assez d'effusions, interrompit en paraissant soudain un horrible Malgache, qu'à la voix il était facile de reconnaître pour Prosper. La route est libre, profitons-en.

Alors seulement Mme Prigent remarqua que son mari et ses compagnons, vêtus de pagnes d'écorce, le visage noirci, s'étaient transformés en Malgaches.

Expliquons maintenant comment Prigent et ses amis, que nous avons laissés sur la rivière, étaient survenus si à propos pour délivrer les captifs.

Le radeau, entraîné par le courant, approchait rapidement de l'étroite ouverture creusée entre les récifs de la cataracte, à travers laquelle, le flot s'engouffrait en bouillonnant. Tous les efforts de nos amis tendaient à diriger le frêle esquif, qui se démembrait déjà, vers ce passage, et à éviter les crêtes des rochers émergeant au-dessus des flots. Mais y parviendraient-ils?

— Du courage! criait Prosper.

Soudain, le radeau, entraîné dans un tourbillon, oscilla, tourna comme un bouchon de liège ; puis, saisi à nouveau par le courant, s'engagea dans la passe étroite, où il s'inclina, glissa au milieu du remous et retomba disloqué au-dessous de la chute.

Au moment suprême, chaque homme s'était cramponné à un des troncs composant le radeau et ne l'avait plus lâché.

Ils se retrouvèrent étourdis au milieu des eaux écumantes, coulant à la vitesse d'un train express.

— Ne lâchez pas vos flotteurs, cria Prosper, nous allons
entrer dans le calme.

A moins d'un mille au-dessous de la cataracte, la
rivière apaisée reprenait son cours tranquille. Nos amis
avaient dégringolé de cascade en cascade, de chute en
chute, mais sans heurter un récif, sans se faire une égra-
tignure...

— Quelle culbute! fit encore Prosper. Nageons vers la
rive, et gare aux caïmans!

Mais, en cet endroit, l'eau était trop rapide, trop agitée
pour ces sauriens, et, quelques minutes après, Prigent et
ses compagnons, sains et saufs, mais encore tremblants
du terrible danger qu'ils venaient de courir, se retrou-
vaient sur la rive, à l'ombre d'un bouquet d'assompoussés.
Leurs vêtements trempés n'étaient plus que des loques,
et, dans le naufrage, ils avaient perdu leurs fusils. Les
poignards et les revolvers, passés dans leurs ceintures,
leur restaient heureusement, ainsi que leurs provisions
de cartouches à douilles métalliques, qui n'avaient pas dû
souffrir de ce court séjour dans l'eau.

— Pour un voyage d'agrément, c'est ce qui s'appelle un
voyage d'agrément! nous avons perdu nos fusils, mais nous
avons sauvé notre peau; c'est le principal. Il faudrait pourtant nous orienter et songer à nous sustenter, dit Prosper.

Le déjeuner ne fut pas long à trouver. Tiénévraotony
creusa le sable et récolta deux douzaines d'œufs de tortue;
pendant ce temps, Prosper ramassait des noix de coco.

Il ne fut pas plus difficile de se procurer du feu; Prosper, en sa qualité de fumeur, ayant toujours sur lui un
briquet et une certaine quantité de cette mèche jaunâtre
qui remplace aujourd'hui l'amadou; la mèche était
mouillée, mais le soleil la sécha rapidement, et bientôt la
flamme brilla.

— Notre mésaventure, dit alors Prosper, aura eu pour
résultat de nous mettre en avance sur la bande. C'est sur

cette route que nos ennemis passeront; en nous dissimulant parmi les rochers, nous pourrons les attendre et les suivre à la piste sans qu'ils s'en doutent.

— Partons! dit Prigent.

Ils reprirent leur marche à travers les rochers, évitant les sentiers praticables, se dissimulant dans la brousse ou les taillis. Les prévisions de Prosper ne furent pas trompées; ils marchaient depuis deux heures à peine, quand, dans le silence dont s'enveloppait la campagne, ils perçurent le bruit produit par le passage d'une troupe nombreuse : c'étaient Joë et sa bande.

— Ventre à terre, ils vont passer! dit Prosper. Surtout pas un mot, pas un geste...

Tous se laissèrent tomber derrière un quartier de roche. Il était temps : la caravane arrivait à la vive allure des bourgeanes...

Nos amis la laissèrent prendre une avance d'un quart d'heure, et, sûrs dorénavant de tenir la bonne piste, ils reprirent leur marche.

Ils arrivèrent, le soir, dans un village malgache situé en plaine, au bord de la rivière Tsijobonina, que dominait Andrianinia, le repaire de Ramazazaba.

— Laissez-moi entrer seul dans le village, dit Tiénévraotony. Je suis Malgache, on ne se défiera pas de moi. S'il y a du danger, je vous en avertirai.

Le village était habité par d'humbles tisserands, fabriquant sur des métiers primitifs, composés d'un cadre grossier fixé sur quelques piquets plantés en terre, ces admirables lambas de soie qui forment le vêtement national du Malgache, ou ces grossières rabanes d'écorce qui sont le costume du pauvre.

L'industrie n'est pas mauvaise; le Malgache, qui n'use pas trois lambas au cours de son existence, en tient des douzaines en réserve pour ses funérailles; on cite des

riches qui ont été ensevelis dans quarante et même cinquante lambas de toute beauté.

Tiénévraotony, qui se faisait passer pour un voyageur,
apprit qu'une troupe nombreuse commandée par Ramazazaha, escortant des filanzanes masquées, venait de monter à Andrianinia. On lui parla aussi de ces deux Vazas,
hôtes du chef Fahavalo, dont la présence dans le pays
paraissait un mystère.

Une heure après, Tiénévraotony rejoignait ses amis.
Il était porteur d'un énorme paquet qu'il jeta sur le sol.

— Le prisonnier est là haut, dit-il en désignant Andrianinia brillamment éclairé. Les Fahavalos vont célébrer
leur retour par une orgie ; je les connais ; il faut en pro-
fiter pour enlever votre fils.

— Comment nous y prendre ?

— Voici des pagnes et des cordes de raphia. Coupez
votre barbe avec vos poignards, noircissez-vous le visage
et les mains avec le suc végétal qui sert à teindre les
rabanes. Au milieu de cette foule, qui sera ivre bientôt,
on ne nous remarquera pas. Si, par hasard, on nous
attaque, nous avons nos revolvers.

Le travestissement ne prit que quelques minutes.

— Me voilà donc déguisé en Hova, le rêve de toute ma
vie !.. dit Prosper. Mais mon coquin de nez ! s'il allait me
trahir ! Bah ! dans la nuit, on ne le remarquera pas...

Nos amis s'approchèrent du village et attendirent, pour
agir, le moment où les lumières s'éteindraient, où les
cris, les chants deviendraient moins bruyants, où un
calme relatif leur annoncerait la fin de la fête, et ils savaient que, chez les Fahavalos, la fête finit toujours dans
le lourd sommeil de l'ivresse.

Prigent ne tenait plus en place, trépignait d'impatience.

Enfin, Tiénévraotony dit : « C'est l'heure ! » et les
quatre hommes, le poignard entre les dents, un revolver
dans chaque main, gravirent silencieusement le sentier

du rocher, passèrent sans s'en douter devant la case du mulâtre, et arrivèrent sur la grande place où les feux se mouraient, où des hommes étendus dormaient de ce sommeil de plomb que procure l'ivresse. Mais de quel côté se diriger? Muets, haletants, ils regardaient, quand, tout à coup, Tiénévraotony, montrant au loin une case gardée par quatre hommes moins ivres que leurs camarades, dit :

— C'est là !

— Chacun le sien ! fit René.

Rampant dans la demi obscurité de la nuit, ils avancèrent silencieusement. Quand ils ne furent plus qu'à quelques mètres de la case, ils se redressèrent, bondirent sur les sentinelles, les baillonnèrent avec leurs propres lambas et les ficelèrent avec les cordes qu'ils avaient apportées.

Tout cela avait été exécuté en silence avec une rapidité, un ensemble parfaits. Surprises, les sentinelles n'avaient pas eu le temps de pousser un cri.

Prigent, que l'inquiétude dévorait, essaya de pousser la porte. Elle était fermée à l'intérieur. Alors, avec leurs poignards, les quatre hommes attaquèrent la muraille en planches et en détachèrent quelques-unes qu'ils enlevèrent sans bruit, à mesure qu'elles cédaient.

Prigent s'attendait à ne trouver que Charles dans cette case transformée en prison. On juge de sa surprise, quand il aperçut Mᵐᵉ Prigent priant, agenouillée au milieu de ses enfants.

On sait le reste.

———

Bonsoir, Joë! bonsoir, vieux Bob! (page 191)

VII. — COMMENT PROSPER TROMPA LA POURSUITE DE JOE ET DE SA BANDE

Il fallait songer au départ.

Prosper, splendide sous sa rabane bariolée, ressemblant bien plus à un sauvage de la foire de Saint-Cloud qu'à un Malgache, partit devant en éclaireur. Le gros de la troupe suivait. On avait enveloppé Mᵐᵉ Prigent et les enfants dans des lambas d'écorce, dont, pour plus de précaution, ils rabattirent un pan sur leur visage. Les sentinelles, garrottées, bâillonnées, n'avaient pas tenté un mouvement, et, sur la place, où tout était silencieux, il ne restait plus, autour des feux mourants, que quelques ivrognes endormis.

La route était libre.

Pauvre peuple! dit Prigent, en jetant un triste regard sur les ivrognes qu'il fallait enjamber pour passer.

— Parlez des Hovas, répondit René. Les Malgaches sont heureusement d'une autre race. Sobres, dévoués, hospitaliers, nous en avons eu la preuve; bien dirigés, éclairés, instruits, ils oublieraient vite leurs superstitions grossières, accepteraient nos mœurs, nos usages. Ce sont les Hovas, et, après eux, les Anglais, qui, dans un but de domination facile à comprendre, les abrutissent par l'alcool, les retiennent plongés dans les ténèbres du passé.

— Chut! interrompit Prosper; vous philosopherez plus tard.

Le hasard, sans qu'ils s'en doutassent, les fit encore passer devant la petite case où Joë et Bob sommeillaient, rêvant l'un de sa vengeance, l'autre de Paris et des félicités que pouvait lui procurer la possession d'un demi-million.

Nos amis auraient voulu mettre la rivière entre eux et leurs persécuteurs; mais pas une barque sur la rive, et, d'autre part, il eût été téméraire, en pleine nuit, de renouveler la tentative du radeau, les rivières malgaches étant très accidentées, semées de récifs à fleur d'eau, coupées de chutes et de rapides.

On marcha donc toute la nuit par le sentier rocailleux dominant le cours de la Tsijobonina, qui, gonflée de nombreux affluents, va se jeter dans le canal de Mozambique. L'hydrographie de ces régions, comme l'orographie d'ailleurs, est encore mal connue; il fallait donc se diriger un peu au hasard, compter, pour se guider, le jour, sur une petite boussole que René portait à la chaîne de sa montre, la nuit, sur la Croix du Sud.

Cette partie du Betsiléo, qui confine presque aux déserts du sud, est entremêlée de plaines sablonneuses, saharas en miniature, arides, désolées, et d'oasis verdoyantes, où se trouvent toutes les essences précieuses : le palissandre, l'ébène, l'acajou, le teck, dont l'ébénisterie tire un si grand parti; le mangoustan, dont le fruit sert de nourriture aux indigènes; l'arbre à pirogue, le ravenala, toutes les espèces de palmiers; le vanillier, qui se trahit par son odeur délicieuse; la liane à caoutchouc, qui s'enroule aux branches ou rampe sur le sol; le giroflier, mêlé aux bois de teinture; l'orseille, qui s'amasse au pied des arbres, et qui, de loin, ressemble à des flocons de neige.

Et quelle vie donnent à ces solitudes ces milliers d'oiseaux au chant, au plumage variés! ces vols immenses de papillons aux ailes diaprées de pourpre et d'or; ces bandes de singes inquiets, toujours en mouvement, se livrant à la cime des palmiers aux acrobaties les plus funambulesques!

Dans les déserts croit le baobab solitaire, arbre géant dont les rameaux, retombant à terre, y prennent racine et donnent naissance à de nouveaux troncs, sous l'ombre desquels s'abriterait toute une armée.

Pas d'animaux féroces: sauf le chat sauvage, destructeur acharné des couvées; le sanglier, très abondant dans les forêts; le caïman, qui fait son séjour favori dans les marais.

Le pays est borné, à l'ouest par les chaînes des monts Bougolava et Bemahara; à l'est par les monts Ankaratra, que domine le Tsiafajovana, s'élevant à plus de 2.000 mètres d'altitude; au nord par les hauts plateaux de l'Ankove; au sud par des plaines presque désertes.

Tel était le pays que devaient traverser nos amis, s'ils voulaient remonter au nord dans la direction de Tananarive.

Au matin, il fallut faire halte; le petit François était à bout de forces.

On choisit pour se reposer une caverne profonde, où coulait un filet d'eau cristallin, creusé dans la paroi d'une falaise qui domine le cours de la rivière. Pendant que Tiénévraotony allait aux provisions, Prosper allumait du feu, et, tout aussitôt, des milliers de serpents, imperceptibles parfois, d'autres fois longs de deux à quatre mètres (1), s'enfuirent de toutes les anfractuosités du rocher, rampant sur le sol, déroulant leurs anneaux avec une vélocité qui tenait du prodige.

Ces reptiles étaient inoffensifs; mais nos amis, on le comprend, préféraient une autre société.

On déjeuna avec les provisions apportées par Tiénévraotony : les œufs d'un ramier, puis deux tortues que l'on fit cuire dans leur carapace; des racines d'ourvirande, que le dévoué Malgache était allé cueillir dans un petit ruisseau, enfin des noix de coco.

Il aurait bien pu tuer un dindon et deux ou trois de ces ramiers verts qui nichent dans les creux des rochers; mais, avec un revolver, il n'était plus sûr de son adresse; d'ailleurs il fallait éviter de tirer, de peur de donner l'éveil aux poursuivants, car le mulâtre n'avait certainement pas renoncé à ses projets de vengeance.

— Tenons conseil, dit Prigent, après ce repas sommaire arrosé d'eau pure.

— Comme les Sachems de la tribu des *Nez percés*, dont nous avons la défroque, si nous n'en n'avons pas le physique, riposta Prosper.

— D'abord, où sommes-nous? demanda René.

— Dans la vallée de la Tsijobonina, répondit Tiénévraotony, qui parlait peu, mais toujours à propos. Cette rivière se jette dans le canal de Mozambique. Si nous pouvions suivre son cours, nous arriverions à la côte d'où un caboteur nous transporterait à Majunga.

— Combien de temps durerait ce voyage?

— Vingt jours, un mois peut-être, en pirogue.

— Mais les chutes, les rapides?

(1) Le boa de Madagascar mesure jusqu'à quatre mètres de long; il n'est pas venimeux, mais il est un danger pour les jeunes enfants, qu'il pourrait broyer dans ses anneaux puissants.

— En nous confiant à des bateliers du pays, nous les éviterions.

— En effet, dit Prosper, ce genre de voyage, maintenant que nous avons avec nous Madame Prigent et le petit François, est le seul possible. Nous ne pourrions pas, avec eux, refaire la route que nous venons de suivre. Et puis, l'eau a un avantage : elle ne garde pas de traces.

— Où trouver des pirogues?

— Suivons la rivière jusqu'à ce que nous rencontrions un village. Avez-vous de l'argent?

Cette question, en plein désert, pouvait prêter à rire. Elle était sérieuse pourtant, car Prosper savait que l'on obtient tout du Malgache en lui montrant une piastre. Chacun se fouilla. Prigent possédait une cinquantaine de piastres, René autant; Prosper n'en apporta que deux à la masse commune; quant à Tiénévraotóny, il n'avait jamais d'argent.

En tout : 102 piastres, soit 510 francs.

Avec cela, on va au bout du monde! dit le joyeux Montmartrois.

On laissa passer les fortes chaleurs, et, vers quatre heures, on se remit en marche. Avec des branches d'arbre, des lianes et de la filasse de coco, l'ingénieux Tiénévraotony avait construit une filanzane que l'on porterait en se relayant, et dans laquelle M⁻ Prigent et le petit François pourraient prendre place.

M⁻ Prigent, vaillante, refusa d'abord d'user de ce moyen de locomotion. Elle préférait marcher, disait-elle. En réalité, il lui répugnait d'imposer de nouvelles fatigues à ces hommes déjà harrassés, anémiés par cette vie de misère et de privations; car l'Européen s'use vite sous ce soleil de feu, s'il ne s'astreint pas à une hygiène, à un régime rigoureux. Il fallut, pour la décider, outre les prières de son mari et de ses enfants, toute la diplomatie de Prosper, qui lui représenta que la marche serait plus rapide.

— D'ailleurs, dit René, aussitôt que nous rencontrerons une bourgade, nous achèterons une barque.

Mais les villages sont rares le long de cette belle rivière, et l'on marcha deux jours sans en rencontrer un seul.

Le troisième jour, Prosper, qui battait l'estrade tantôt en avant, tantôt en arrière, tantôt sur les flancs de la petite troupe, revint sur ses pas, en disant :

— Nous sommes poursuivis !

— Poursuivis ! répéta Prigent.

— Oui, du haut de cette colline où j'étais monté pour inspecter le pays, j'ai aperçu une troupe armée escortant trois filanzanes. J'ai de bons yeux, et, en regardant bien, j'ai cru reconnaître deux blancs au milieu de ces sauvages.

— Ils sont loin?

— A un kilomètre environ. Mais s'ils ont relevé notre piste, ils seront bientôt sur nous. Ces Hovas courent comme des lièvres, et nous, nous traînons une femme et un enfant !

— Pas un mot, dit Prigent. Pressons le pas.

Prosper ne s'était pas trompé : c'étaient bien Joë et Bob, accompagnés de Ramazazaha et de ses Fahavalos, qu'il avait aperçus.

Le soleil se levait, quand Joë monta au village pour conférer avec Ramazazaha sur le sort des prisonniers. Une déception terrible l'attendait : les sentinelles bâillonnées, garrottées, étaient étendues sur le sol; la case était vide; les captifs avaient fui.

Il poussa un juron, et courut réveiller le chef.

— Tes gens font bonne garde, dit-il; ils ont laissé échapper les prisonniers.

— Quoi, les gardiens?

— Bâillonnés, garrottés.

— Les misérables! ils se sont enivrés. Repose-toi sur moi du soin de les punir.

— A quoi bon! dit le mulâtre en haussant les épaules. Moi seul suis coupable. Je n'aurais pas dû laisser à d'autres le soin de garder mes prisonniers; j'aurais dû les enfermer dans quelque caverne de la montagne. Mais il faut les poursuivre, prendre avec eux les démons qui les ont délivrés. Prodigue le rhum, prodigue les piastres, mais que l'on parte à l'instant! Ils ont une nuit d'avance, c'est trop...

— Rassure-toi, mes hommes marcheront, répondit Ramazazaba; je tiens autant que toi à purger Tanni-Bé de cette race de Vazas.

— Quelle direction ont-ils prise?

— Nous le saurons par les courriers que je vais envoyer en avant. Pour moi, il n'y a pas de doute : ils n'ont pu traverser la rivière, ils ne se sont pas jetés non plus dans les pays du sud; c'est donc vers l'occident qu'il faut les chercher.

Les Fahavalos, excités par l'alcool que le mulâtre leur avait fait verser, par les brillantes promesses dont il n'était pas avare, étaient pleins d'ardeur et de résolution. La piste des Vazas n'était malheureusement pas difficile à suivre : on n'emmène pas une femme et des enfants sans laisser des traces.

Les coureurs, envoyés en avant, revinrent bientôt annoncer qu'ils avaient trouvé la bonne voie.

— En route donc! s'écria le mulâtre. Et, cette fois, nous les prendrons tous et notre vengeance sera terrible.

— Voilà un nouveau voyage qui ne me sourit guère... murmurait Bob à part soi. Encore des aventures, encore des dangers! Décidément, j'ai bien envie de laisser Joë se débrouiller tout seul... Un million, c'est peu pour deux, mais c'est encore gentil pour un seul.

Comme on le voit, l'abîme se creusait de plus en plus entre les deux complices.

Mais revenons à Prigent et à ses compagnons.

Sous l'imminence du péril, ils pressaient le pas, espérant toujours que les bandits ne les avaient pas aperçus. Malheureusement, le chemin qu'ils suivaient était à découvert, n'offrait aucune forêt, aucune caverne où ils eussent pu se cacher pour laisser passer leurs persécuteurs.

Ceux-ci les avaient aperçus et précipitaient la poursuite.

Nos amis se sentaient à bout de forces.

— Partageons-nous les revolvers et défendon ...ous jusqu'à la mort, dit Prigent. Nous sommes perdus !

— Nous sommes sauvés ! répondit Prosper.

Ils étaient arrivés à un détour du sentier surplombant toujours la rivière, et, à 500 mètres à peine, Prosper désigna une arche gigantesque qu'une convulsion du sol avait jetée sur la rivière comme un pont naturel.

— Voilà la route ! dit-il.

— Si nous passons, ils passeront aussi ?

— Oui, si nous leur en laissons le moyen. Donnez-moi tout ce que vous avez de cartouches, et pressons le pas.

Les poursuivants gagnaient du terrain. On apercevait distinctement maintenant Joë, Bob et Ramazazaha qui avaient quitté leurs filanzanes et marchaient à la tête de leurs hommes. S'ils disparaissaient par moment derrière les rochers, c'était pour reparaître plus près, toujours plus près...

Tiénévraotony et René, portant la filanzane dans laquelle M⁰ᵉ Prigent et le petit François s'étaient blottis, volaient bien plus qu'ils ne couraient, laissant l'empreinte de leurs pieds saignants sur le sol rocailleux, brûlé par le soleil. Prigent, Charles et Edouard allaient en avant, coupant les arbustes, précipitant dans la rivière les blocs de rocher qui pouvaient faire obstacle à leur marche, et Prosper, qui venait le dernier, tout en courant, défaisait les cartouches que ses amis lui avaient remises et en versait la poudre dans un coin de son pagne.

On atteignit enfin le pont naturel qui reliait les deux rives. Il était presque aussi étroit que ce pont symbolique que Mahomet comparait au tranchant d'un cimeterre. Mais, pour des hommes qui avaient franchi des précipices sur un tronc branlant, c'était un passage praticable.

L'ennemi n'était plus qu'à quelques centaines de mètres.

— Passez vite ! cria Prosper.

Prigent et ses deux fils s'élancèrent les premiers pour sonder le terrain, écarter les pierres qui eussent pu faire trébucher René et Tiénévraotony. Le passage s'effectua avec un rare bonheur. Alors Prosper, toujours à l'arrière-garde, s'agenouilla au milieu du pont, fouilla avec son poignard entre les interstices des rochers pour en enlever la terre, les menues pierrailles, et, quand le trou qu'il creusait ainsi lui parut assez profond, il y versa la poudre qu'il tenait en réserve dans un coin de son pagne, la tassa, y adapta un morceau de mèche et recouvrit le tout de terre et de cailloux.

— Nous allons assister à un joli feu d'artifice tout à l'heure, dit-il. La mèche est un peu courte. Tant mieux, nous n'avons pas le temps d'attendre.

Il battit le briquet, mit le feu à l'extrémité de la mèche et se sauva.

— Au large ! cria-t-il à nos amis, le pont va sauter !

Les Fahavalos n'étaient plus qu'à quelques mètres du pont.

Ils allaient s'y engager à leur tour, quand une lueur immense s'éleva du milieu du rocher et une explosion se fit entendre.

13

Des quartiers entiers de roc furent lancés dans toutes les directions; l'arche s'entr'ouvrit et s'écroula avec fracas dans la rivière.

Le pont n'existait plus, la poursuite était coupée.

— Bonsoir, Joe! bonsoir, vieux Bob! bien des choses chez vous! fit la voix railleuse du Montmartrois.

— Feu! cria le mulâtre exaspéré. Que nous les ayons morts, si nous ne pouvons les avoir vivants!

Les balles des Fahavalos ricochèrent sur les rochers sans atteindre personne; les fugitifs étaient déjà loin.

L'embarcation vola sur les flots. (page 203)

VIII. — OÙ L'ON ASSISTE A L'ÉPREUVE DU CAIMAN.
— LA POURSUITE SUR LA RIVIÈRE.

La destruction du pont naturel creusait un abîme infranchissable entre les fugitifs et leurs persécuteurs.

— Gagnons le plus de terrain que nous pourrons, dit
Prosper, car, en descendant à l'ouest, ces démons peuvent rencontrer le village sur lequel nous comptions et se
procurer des barques pour passer la rivière. Nous ne
sommes pas en état de lutter de vitesse avec eux.

Il faut donc renoncer à notre projet de nous servir de
la rivière pour essayer de gagner la côte? demanda René.

— Provisoirement, oui. Mais, en remontant au nord, à
défaut de la Tsijobonina, nous rencontrerons d'autres
rivières. Nous sommes ici sur la ligne de partage des
eaux : d'un côté, les fleuves et rivières qui se jettent dans

l'Océan Indien ; de l'autre, ceux qui se déversent dans le canal de Mozambique.

— Et nous essayerons d'atteindre ?..

— Le canal de Mozambique. Dans cette direction, les montagnes sont moins élevées et la marche sera relativement plus facile. Obliquons donc dans la direction du nord-ouest.

Malheureusement, à mesure que l'on s'éloignait de la vallée de la Tsijobonina, le pays se faisait plus aride. Aux herbages, aux pâturages semés de bouquets d'arbres, succédaient des plaines sablonneuses sans ombrage, sans eau. Les monts Behamara, qu'il fallait traverser pour entrer dans le pays des Sakalaves, et, de là, gagner la côte, dressaient à l'horizon, comme une barrière infranchissable, leurs cimes mamelonnées couvertes d'une maigre végétation.

La situation des fugitifs était épouvantable : se soutenant à peine, le moral aussi atteint que le corps, sans armes, puisque leurs revolvers, maintenant qu'ils en avaient sacrifié les cartouches pour faire sauter le pont, leur étaient inutiles, ils étaient à la merci du premier ennemi qui se présenterait.

Cependant leur confiance en Dieu ne les abandonnait pas.

Une fois les plaines de sable traversées sous une chaleur torride, qui faisait bouillonner les cervelles dans les crânes, ils entrèrent dans la montagne. Là, au moins, ils trouvèrent un peu d'ombre dans les cavernes, un peu d'eau dans le lit des torrents, quelques œufs qu'ils avalaient sans prendre la peine de les faire cuire.

Les montagnes furent franchies en huit jours, et, le matin du neuvième, car on voyageait surtout de nuit, les fugitifs entrèrent dans un pays magnifique, arrosé par une large rivière aux bords semés de cases belles et vastes, la plupart élevées sur pilotis.

— Nous sommes chez les Sakalaves, chez des amis, dit Prosper. Vive la France !

Ce cri disait toute sa joie.

Ses compagnons, fous de bonheur, riant, pleurant à la fois, se précipitèrent vers le village, qui leur apparut comme la Terre Promise dut apparaître aux Hébreux sortant du désert.

Le village semblait abandonné ; mais, en avançant, nos amis aperçurent toute la population groupée au bord de la rivière, les regards fixés sur un îlot boisé qui émergeait à une centaine de mètres du bord.

En voyant les fugitifs, en guenilles, mal lavés de la teinture dont ils s'étaient barbouillés le visage, plus semblables à de misérables mendiants qu'à d'orgueilleux Vazas, les Sakalaves parurent pris de défiance.

— Qui êtes-vous ? Que voulez-vous ? demandèrent-ils.

— Qui nous sommes ? des voyageurs égarés. Ce que nous voulons ? des vivres et une pirogue pour gagner la côte.

Les Sakalaves, comme tous les Malgaches, poussent à la dernière limite le culte de l'hospitalité. Chez eux, le voyageur est reçu comme un frère ; la plus belle case lui est réservée ; il peut rester des semaines entières chez ses hôtes, sans que ceux-ci témoignent le moindre ennui, la moindre impatience.

Cependant, la première curiosité satisfaite, les Sakalaves étaient retournés sur le bord de la rivière, causant avec animation comme dans l'attente d'un grand évènement.

— Que se passe-t-il ici ? demanda Tiénévraotony.

— Un jeune homme est accusé de vol. Comme il nie, il subira l'épreuve du caïman.

— L'épreuve du caïman ! dirent nos amis surpris.

Alors Tiénévraotony les mit au courant. Pour prouver son innocence, le jeune Sakalave, accusé de vol, devait

plonger trois fois dans l'îlot, refuge, paraît-il, d'un
caïman fadi ou sacré.

Les Malgaches, en effet, parmi leurs innombrables
superstitions, professent pour le caïman un respect qui
va jusqu'à l'adoration. Les dents de ce saurien sont des
fétiches estimés, et Radama le Grand, au milieu de ses
joyaux, conservait une grosse dent de caïman enchâssée
dans un étui d'or. Si les épreuves du feu, du tanghin, de
l'eau bouillante tendent à tomber en désuétude, l'épreuve
du caïman est toujours en honneur chez le peuple. On
conduit l'accusé devant le repaire du monstre, on l'oblige
aux trois plongeons réglementaires, et, s'il sort vain-
queur de cette épreuve, c'est qu'il est innocent. Les Malgaches ont d'ailleurs tant de confiance dans cette sorte de
jugement de Dieu qu'ils s'y soumettent sans résistance
et sont les premiers à le réclamer.

L'accusé fut amené. C'était un beau jeune homme de
vingt ans à peine, à l'allure décidée, à la poitrine large,
couverte de tatouages fantastiques. Fort de son innocence,
il courait au devant d'une mort presque certaine, sans
crainte, sans hésitation.

Un des sikidis, le plus vieux, tenait dans sa main trois
cailloux : un blanc, un jaune et un rouge.

Après une courte incantation, il jeta la pierre blanche
dans la rivière, en face du repaire du caïman.

Le jeune homme s'élança d'un bond dans la rivière,
nagea vigoureusement, et, parvenu juste au-dessus de
l'endroit où la pierre était tombée, il plongea.

L'eau bouillonna et se referma sur lui.

Anxieux, les spectateurs attendaient.

L'attente ne fut pas longue : l'eau bouillonna de nouveau, et le Sakalave apparut à la surface, agitant dans sa
main la pierre qu'il était allé chercher au fond.

Le sikidi jeta le caillou rouge.

Le Sakalave plongea encore avec le même bonheur et rapporta la pierre.

La troisième épreuve fut couronnée du même succès.

L'accusé était innocent; le caïman, soit qu'il fût endormi, soit qu'il fût en promenade ou en chasse dans les bambous de la rive, n'avait pas donné signe de vie.

Des cris joyeux, des décharges de mousqueterie saluèrent le jeune homme quand, aussi modeste dans le triomphe qu'impassible dans le danger, il parut sur la rive.

Comme toujours, la fête se termina par un festin; un bœuf fut abattu, rôti tout entier dans sa peau, et le betsabesse coula à flots.

Les Vazas furent conviés à ces agapes; on leur servit la partie la plus délicate du zébus : la bosse ; on plaça devant eux un large plat de bois, sur lequel s'élevait une pyramide de riz cuit à l'eau, sans sel.

Les Malgaches éprouvent pour ce condiment une répulsion, un dégoût incompréhensibles; la plus grande injure qu'ils puissent adresser aux Européens, c'est de les appeler « mangeurs de sel ».

Pour la première fois, depuis bien longtemps, nos amis, ce soir là, couchèrent sous un toit.

Le lendemain, on fit les préparatifs du départ.

En interrogeant, Tiénévraolony apprit que ce village, où lui et ses compagnons recevaient une si franche et cordiale hospitalité, était situé sur la Manambolo, rivière qui se jette dans le canal de Mozambique, au-dessous de Mitraiky. La distance, jusqu'à la mer, serait parcourue en une quinzaine de jours, et le voyage ne serait entravé par aucune chute, aucun rapide.

— Une promenade de santé! dit Prosper.

Ce jour là, il y avait bazar, ou marché, au village. On put donc s'approvisionner d'armes, vieux fusils à piston datant de l'époque de la traite, pistolets à pierre, sagaies, flèches, puis d'une poudre grossière que les Malgaches fabriquent eux-mêmes avec le salpêtre abondant de leurs montagnes.

Quant aux vivres, ils ne manquaient pas.

Les Européens avaient de l'argent. Ils payèrent leurs emplètes avec des piastres, que les Malgaches fractionnent à l'infini; car, comme nous l'avons dit, on ne se sert pas dans ce pays, de monnaie divisionnaire.

Sur le conseil du chef, — car tout village est placé sous la direction d'un chef — à la fois juge, général et prêtre, Prigent traita avec un marinier, qui, moyennant vingt piastres entières, somme énorme à ses yeux, se chargea de le conduire à la côte.

L'heure des adieux arriva. L'immense pirogue, creusée par le feu dans le tronc d'un varongy, pouvait porter vingt-cinq hommes; on y entassa les provisions : bœuf, poules, poisson séché, patates, manioc, riz, etc., et l'on partit.

Outre le pilote, qui se tenait à l'arrière, dirigeant avec une longue pagaie la marche de l'embarcation, l'équipage se composait de huit pagayeurs, magnifiques nègres au torse d'hercule, choisis parmi les plus robustes de la corporation.

Les Européens, abrités sous une petite tente en feuilles de ravenala, étaient heureux de se sentir emporter sans péril, sans fatigue, sur cette rivière calme, qu'aucun souffle ne ridait, au bruit cadencé des pagaies, au chant monotone des mariniers.

Après de longs jours de marche dans les défilés des montagnes, les plaines marécageuses, les déserts de sable, cette façon de voyager leur paraissait délicieuse. Et puis, leur crainte d'être poursuivis diminuait : Joë et Bob oseraient-ils se risquer, avec leur bande de Fahavalos, dans un pays maintenant habité, où les Européens pouvaient rencontrer aide et protection?

C'est ce qu'expliquait Prigent.

— Dans quinze jours, nous serons à la côte, nous n'aurons plus rien à redouter, dit-il.

— Hum! répondit Prosper, tant que je n'aurai pas vu l'estimable Joë Curry couché sur le dos, une balle dans la tête ou la poitrine, ou, ce que j'aimerais mieux, entre les pattes solides de quatre gendarmes, je ne serai pas tranquille.

— Ce n'est pas le diable que cet homme, protesta René.

— Non, mais c'est son cousin germain, répartit l'entêté Montmartrois. Vous connaissez le proverbe : « Morte la bête, mort le venin ». Or, tant que Joë vivra, il distillera du venin, et nous en attraperons les éclaboussures.

Prigent avait raison de compter sur une protection possible en cas de danger. Les bords de la rivière n'étaient plus déserts. De nombreux et beaux villages aux cases si pittoresques, si pimpantes, avec leurs murailles de bambou ou de terre battue, leurs toits en feuilles de ravenala, s'échelonnaient de distance en distance. Partout la vie se manifestait avec une exubérance débordante : des centaines de pirogues sillonnaient la rivière; des troupeaux immenses erraient dans les pâturages; on n'apercevait que travailleurs incendiant les forêts, moyen primitif de se procurer du terrain cultivable, desséchant les marais pour y planter du riz.

Les Malgaches ne sèment pas le riz à la volée comme nos laboureurs sèment le froment. Ils commencent par ensemencer de petites portions de terrain; puis, quand le grain a germé, ils le *dépiquent* pour le *repiquer* dans un sol marécageux, mais battu, foulé, parfaitement irrigué.

Des centaines de bœufs sont constamment employés à fouler le sol des futures rizières.

D'autres ouvriers exploitaient les forêts, fertiles en lianes à caoutchouc, en gommiers, bois de rose, essences

tinctoriales, épices. Ils commencent à connaître l'importance de ces richesses naturelles, qu'ils expédient à la
côte, où des caboteurs les chargent pour les transporter
dans les grands centres d'exportation : Tamatave, sur la
côte orientale ; Majunga, sur la côte occidentale.

On voyageait à petites journées, s'arrêtant pendant les
fortes chaleurs sous l'ombrage épais des arbres géants,
quelquefois à l'entrée d'un petit affluent, que des branches entrelacées couvraient comme un dôme naturel;
le soir, on couchait généralement dans un village, où l'on
recevait une hospitalité plus qu'écossaise.

M⁰ᵉ Prigent comptait les jours.

— Dans huit jours, dans cinq jours, dans trois jours
nous serons à la côte, disait-elle, ce qui faisait rire Prosper.

— On dit qu'un homme est à la côte quand il est à bout
de ressources, dénué de tout, remarquait-il. Eh bien !
voyez comme notre belle langue française est bizarre :
pour nous « être à la côte » signifie « être sauvé » ! Tâchons
d'y arriver.

— Il me semble que nous sommes en bon chemin, dit
Charles.

— Oui, répondit l'incorrigible Montmartrois, qui culti-
vait les proverbes comme feu Sancho Pança; mais, de la
coupe aux lèvres, il y a souvent place pour un malheur.

Sans s'en douter, il prophétisait.

On n'était plus qu'à deux jours de la côte. C'était
l'heure de la sieste et les mariniers cherchaient un coin
ombreux où se retirer, lorsque l'un d'eux, debout à l'arrière de la pirogue, dit, en désignant plusieurs points
noirs apparaissant subitement au coude que formait en
amont la rivière :

— Gens pressés !

En effet, les points noirs grandissaient visiblement, et
on ne tarda pas à distinguer quatre grandes pirogues
chargées à couler bas.

Prosper, toujours sur le qui-vive, grimpa lestement à côté du noir. Le Montmartrois avait de bons yeux ; après quelques minutes d'examen, il sauta au milieu de la pirogue, en disant :

— Aux pagaies, et de l'huile de bras !

— Ce sont eux ? interrogea Prigent.

— Oui ! si vous aviez mes yeux, vous pourriez reconnaître nos persécuteurs dans la première embarcation. Les trois autres sont pleines d'hommes armés...

Un long silence suivit ces paroles.

— Eh bien ! cria Prosper, voyant que les pagayeurs restaient immobiles :

— C'est l'heure du repos.

— Du repos ! il n'y en a plus pour nous. Monsieur Prigent, en avant les grands moyens !

Prigent comprit, et jeta une vingtaine de piastres dans le fond de l'embarcation. Les yeux des noirs s'incendièrent de convoitise ; pendant que le chef ramassait ce trésor, ils saisirent leurs pagaies et l'embarcation vola sur les flots, laissant derrière elle une longue traînée d'écume.

———

Un aviso croisait à petite vapeur. (page 209)

IX. — Où Joe et Bob croient tenir les fugitifs.
— À bord du « Dauphin ».

— Du nerf! du nerf! criait Prosper aux pagayeurs.

Les poursuivants semblaient animés de la même ardeur fiévreuse. On distinguait maintenant les quatre pirogues se suivant à la file, glissant sur l'eau avec la rapidité d'une trombe. Les pagaies s'élevaient et retombaient avec une régularité mathématique, réfléchissant les rayons du soleil et les renvoyant en éclairs éblouissants.

— Du nerf! du nerf! criait toujours Prosper, trépignant d'impatience.

De leur côté, Joe et Bob pressaient leurs hommes, prodiguaient les encouragements, les promesses.

— Cinq piastres à chaque pagayeur, si nous rejoignons les Vazas avant une heure, disait Joe.

Les pirogues des poursuivants, malheureusement pour

eux, étaient trop chargées, et, bien que manœuvrées par douze pagayeurs chacune, ne gagnaient pas une encablure. Mais le mulâtre pouvait remplacer ses hommes fatigués, tandis que nos amis en étaient réduits à leur unique équipe.

La chasse continuait implacable, acharnée, quand un accident horrible se produisit.

Par suite d'une fausse manœuvre, une des pirogues ennemies se coucha sur le flanc et bascula la quille en l'air.

Ce fut, pendant un moment, un fouillis, un pêle-mêle indescriptible de corps nageant, se débattant au milieu de cris, d'appels déchirants; la rivière était infestée de caïmans, et plus d'un noir, entraîné au fond, happé par ces immondes sauriens, ne reparut plus à la surface.

L'eau était rouge de sang; partout apparaissaient d'effroyables mâchoires armées de crocs aigus taillés en dents de scie.

Prosper, devenu comme enragé, poussa un éclat de rire retentissant.

— Autant de bandits de moins! cria-t-il. Oh! si ce mulâtre maudit pouvait être avec eux!..

Mais Joë était toujours à l'avant de sa pirogue, excitant ses hommes. Sans pitié pour ceux qui venaient de disparaître, pour ceux, plus nombreux, qui nageant dans son sillage, le suppliaient en vain, il ne commanda pas un arrêt, ne donna pas l'ordre de recueillir ces malheureux livrés en pâture aux caïmans. Que lui importaient les Fahavalos semés sur sa route! Ramazazaba en trouverait tant qu'il en voudrait...

Les pirogues semblaient voler dans une poussière d'écume : la distance restait toujours la même.

Cependant les pagayeurs de Prigent faiblissaient visiblement. Trempés de sueur, haletant à fendre l'âme, ils allaient toujours; mais le moment approchait où ils tomberaient sur le flanc, rendus, à bout de force.

—A nous! dit Prosper. Laissons ces malheureux respirer.

Les quatre hommes prirent la place des noirs, qui se laissèrent tomber au fond de l'embarcation, et se mirent à pagayer avec fureur. Mais ce n'était plus la même vitesse; déjà l'ennemi gagnait; Joë s'en apercevait et excitait ses hommes, leur promettant des monceaux de piastres, des tonneaux de rhum.

— J'arrive, Prigent! criait-il de sa voix stridente.

— Ne perdons pas notre souffle à répondre à ce vilain Coco, conseilla Prosper, et *souquons* ferme. Il ne perdra rien pour attendre...

— Un village! dit le pilote.

— Barre dessus, alors.

D'un coup de pagaie, le pilote fit dévier l'embarcation, qui, portée par la vitesse acquise, vint s'échouer violemment sur la rive où toute la population du village s'était déjà amassée.

— Descendez vous autres; vous êtes payés, dit le Montmartrois à ses pagayeurs.

Puis, élevant la voix :

— Qui veut gagner une piastre? continua-t-il.

Vingt hommes se présentèrent; Prosper en choisit douze, et, leur mettant la pagaie en main :

— Poussez ferme. Je vous promets une autre piastre de gratification si nous sommes à la côte avant demain.

— Nous en sommes à près de vingt-quatre heures, dit René.

— A l'allure ordinaire, oui; mais en marchant comme nous avons marché pendant ces dernières heures, nous n'en mettrons pas douze à arriver.

En voyant la pirogue de Prigent toucher terre, Joë avait poussé un hurrah de triomphe.

— Nous les tenons! dit-il à Bob.

— Non, répondit celui-ci; ils changent seulement de pagayeurs; les voilà qui repartent.

— Malheur sur nous! il ne faut pas qu'ils nous échappent. Feu! et visez aux pagaies...

Les Fahavalos, comprenant l'intention du mulâtre qui était de briser les pagaies des fugitifs pour les empêcher de continuer leur route, obéirent. Par bonheur, nos amis avaient déjà gagné le milieu du fleuve et étaient hors de portée; les balles tombèrent à cent mètres de leur embarcation.

Les douze Sakalaves embarqués par Prosper furent divisés en deux équipes. De cette façon, six hommes pourraient se reposer pendant que les six autres seraient aux pagaies.

Les pagayeurs de Joë, malgré de fréquents repos, étaient exténués. Dans ces barques chargées outre mesure, rasant l'eau de si près que les lames soulevées par la rapidité de la marche embarquaient à chaque instant, les changements de pagayeurs ne s'opéraient pas sans à coups, sans secousses. Prigent, lui, avait un équipage frais et sa pirogue était plus légère, moins encombrée, partant plus maniable; de là un grand avantage sur ses poursuivants. La rivière était maintenant large comme un golfe. René, qui s'était penché sur le bordage et puisait de l'eau dans ses mains pour rafraîchir son visage inondé de sueur, poussa soudain un cri joyeux. Une goutte de cette eau avait touché ses lèvres, et il avait senti l'âcre saveur du sel!

— L'eau est salée! dit-il, ivre de joie. Nous approchons de la mer...

— Dieu soit loué! s'écrièrent les fugitifs d'une seule voix.

Mais l'influence des marées se fait sentir souvent à sept ou huit lieues dans l'intérieur des terres. Il ne fallait pas triompher trop vite; il restait une longue route à faire, et Joë et les siens n'abandonnaient pas la partie.

La nuit tomba brusquement, comme cela arrive dans

ces contrées, sans ralentir cette course folle, cette poursuite acharnée.

Heureusement, le ciel était clair; de nombreuses étoiles
répandaient une clarté transparente, d'une pureté admirable, et, dans cette demi-obscurité, il était encore possible
de se diriger, d'éviter les récifs à fleur d'eau, les troncs
flottés, charriés par le courant; de surveiller l'ennemi, qui
maintenait toujours sa distance sans gagner ni perdre.

Quand les Sakalaves étaient trop fatigués, nos amis les
remplaçaient aux pagaies.

On marcha ainsi toute la nuit.

Bientôt les fugitifs sentirent une brise âcre rafraîchi
leur front; au loin on entendait, comme un sourd grondement, la grande voix de la mer.

— Nous approchons! criait Prosper.

Brusquement les voiles de la nuit s'écartèrent, et le
soleil parut radieux comme un roi qui descend de son lit
de pourpre et d'or.

On ne distinguait plus les bords de la rivière, noyés
dans la brume matinale; à l'horizon se dessinait une ligne
verdâtre agitée de frissons lents et continus : la mer!

Et plus près, un aviso, ayant à sa corne de misaine les
couleurs de la France, croisait à petite vapeur...

— Vive la France! crièrent nos amis.

L'aviso de première classe le *Dauphin*, appartenant à
la division navale de l'Océan indien, était en tournée
d'inspection sur les côtes et visitait les criques solitaires,
l'embouchure des fleuves et des rivières, où des mer-
cantiles sans scrupule se livrent, non plus à l'antique traite
des nègres, mais, ce qui ne vaut guère mieux, à l'embau-
chage d'engagés prétendus libres, livrés souvent par des
parents ou des chefs cupides.

Madagascar manque de bras, on parle même de faire
appel à l'immigration chinoise, hindoue, et, chaque an-

14

née, des milliers de travailleurs sont enlevés à leur île natale pour le plus grand profit des colonies anglaises !

C'est un véritable abus que la France est bien résolue à ne plus tolérer.

Sur le pont du *Dauphin*, les hommes de quart contemplaient en curieux cette lutte de vitesse entre la pirogue de Prigent et celles de ses poursuivants.

— On dirait un *match!* dit un fourrier beau parleur. Voyons qui décrochera la timbale...

— On dirait plutôt des gens que l'on poursuit, répondit un matelot. Dieu me damne! comme disent les Englichs, il y a des blancs, il y a même une blanche dans la première pirogue.

— Et une blanche vaut deux noires, répliqua le fourrier, qui avait des prétentions musicales.

— Ils nous font des signaux de détresse, continua le matelot; ils tendent leurs bras vers nous... Il faut prévenir l'officier de service.

L'officier, prévenu de cet incident, qui rompait la monotonie de son quart, braqua sa lunette sur la première pirogue avançant toujours à la même allure, et il aperçut nos amis qui, en effet, tendaient leurs bras suppliants, agitaient des lambeaux d'étoffe en signe de détresse.

— Ces gens sont poursuivis, dit-il.

Et, se penchant sur le porte-voix qui communique avec la chambre des machines, il donna l'ordre de stopper.

L'hélice cessa de tourner, et le navire, n'avançant plus que sur son erre, s'arrêta bientôt.

La pirogue n'était plus qu'à quelques mètres de l'aviso.

— Qui êtes-vous? demanda l'officier.

— Des Européens, des Français poursuivis par des Fahavalos, qui viennent se mettre sous la protection du drapeau national, répondit Prigent.

— Cette protection est assurée à tous... Accostez.

Pendant cette conversation, la pirogue était venue se

Partout apparaissaient d'effroyables mâchoires... (page 205)

ranger à babord de l'aviso. Des échelles furent jetées aux fugitifs, qui, quelques minutes après, se trouvèrent sur le pont, en sûreté sous les plis du pavillon national.

En voyant la tournure que prenaient les évènements, Joë avait donné l'ordre de mettre cap sur la terre. Cette fois encore ses ennemis lui échappaient.

— C'est partie perdue ! lui dit Bob. Si tu m'en crois, nous abandonnerons ce pays maudit, où nous ne récoltons que des désagréments.

Joë frappa le sol du pied.

— Non, dit-il avec violence, je n'abandonne pas la partie, je ne jette pas les cartes. Ils ont la première manche : à nous la seconde ! Toi, continua-t-il, en regardant Bob fixement, je sais ce que tu penses... tu rêves trop haut... Mais, prends garde ! Si tu ne marches pas droit, je me charge de te remettre dans le bon chemin.

Bob eut un mouvement de révolte.

— Suis-je ton esclave ? dit-il. Un crime nous lie, c'est vrai ; mais il n'est pas dit que je te suivrai jusqu'au bout, que je me précipiterai dans l'abîme que ta haine aveugle creuse sous nos pas... Que m'importent à moi, Prigent et les autres ! ce que je veux, c'est reprendre ma liberté, jouir enfin de notre fortune. La moitié de cette fortune m'appartient... partageons, et que chacun aille de son côté...

— Jamais ! cria le mulâtre. Tu es à moi et tu me suivras où je voudrai t'emmener, fût-ce à la potence !

— Et si je ne veux pas ? Si je me révolte à la fin ?

— Alors ! dit le mulâtre, en armant son revolver.

Bob était déjà sur la défensive, armé lui aussi d'un revolver. Une collision entre les deux amis d'hier, ennemis irréconciliables aujourd'hui, semblait imminente. Ce fut Ramazazaha qui rétablit le calme en séparant les deux antagonistes prêts à en venir aux mains.

— A quoi pensez-vous ? dit-il. L'heure n'est pas aux discussions, mais à la fuite. Ces démons de Vazas pourraient nous poursuivre. Au large, et ne perdons pas de temps! plus tard, si cela vous plaît, vous reprendrez cette conversation.

Et, donnant l'exemple, il abandonna ses pirogues et s'enfonça dans les bois, suivi de ses hommes.

Bob et Joe, apaisés mais non réconciliés, remirent leur revolver à leur ceinture et rejoignirent le chef.

Le commandant de l'aviso avait bien songé à faire poursuivre les bandits; mais, pour cela, il aurait fallu mettre des chaloupes à la mer, débarquer des hommes, opérations longues et difficultueuses, dont les Fahavalos n'auraient certainement pas attendu la fin.

— C'est dommage! dit Prosper. Ce m'eût été un spectacle infiniment agréable que la vue de cet estimable M. Joe Curry, se balançant à l'extrémité d'une vergue avec le non moins estimable M. Bob Thorps comme vis-à-vis. Mais, étant donné les antécédents des individus, ce n'est que partie remise...

Les fugitifs furent conduits au commandant, qui les interrogea longuement, et écouta avec une attention soutenue le récit de leurs aventures.

— Vous êtes en sûreté maintenant, leur dit-il. Je ne puis vous conduire à Majunga, mes ordres m'enjoignant de rallier ma division devant Zanzibar; mais je vous laisserai sur la côte, à Ambondra, où vous trouverez des caboteurs qui font le service de Majunga. Avez-vous de l'argent?

— Nos pagayeurs payés et congédiés, il nous restera une trentaine de piastres plus quelques rognures, répondit Prigent. C'est suffisant pour gagner Majunga. Là, j'écrirai à un ami qui habite Tananarive, M. Vigouroux; il nous avancera la somme nécessaire pour retourner à notre établissement.

Une heure après, le *Dauphin*, débouchant de la rivière, filait à toute vapeur sur les flots azurés du canal de Mozambique.

Voarazala brûlait. (page 223)

X. — D'AMBONDRA A MAJUNGA PAR MER. — VOAVAZALA EN FLAMMES.

Comme il l'avait promis, le commandant du *Dauphin* débarqua nos amis à Amboudra, petit port fréquenté par des marchands arabes de Zanzibar, des commerçants de Mayotte et des Comores, qui vont y charger les produits du pays : bois, épices, bœufs, et laissent, en échange, des indiennes, des cotonnades, de mauvais fusils de traite, etc.

Ces marchands visitent ainsi toute la côte, remontent même jusqu'à Majunga le grand port de cette partie de l'île.

Ambondra, réunion de cases chétives habitées par des pêcheurs, des bourgeanes, n'offre aucune ressource aux Européens. Prigent eût voulu partir tout de suite, mais les caboteurs, remontant à Majunga, n'avaient pas complété leur chargement, et il fallut attendre une semaine entière.

Ce temps fut mis à profit par M⁰⁰ Prigent pour renouveler sa garde-robe et celles de la petite troupe, car nous n'avons pas besoin de décrire l'état lamentable dans lequel se trouvaient nos amis quand la Providence les conduisit à bord du *Dauphin*.

Faute de mieux, avec les pagnes, les lambas du pays, elle improvisa des costumes de circonstance, moitié malgaches, moitié européens, qui faisaient rire nos amis, quand il leur arrivait de se contempler dans cet accoutrement.

— Nous avons l'air de sauvages de la foire au pain d'épice, disait Prosper, toujours joyeux. Il me prend des envies folles de faire des cabrioles, d'apprivoiser des serpents, de manger de la viande crue! Joë et l'estimable Bob Thorps ne nous reconnaîtraient pas.

— Ne parlons pas de ces misérables, répondit M⁰⁰ Prigent. Souhaitons, au contraire, de ne jamais les rencontrer sur notre chemin, de ne jamais entendre prononcer leurs noms.

— Ce n'est pas mon avis, et je ne serais pas fâché de leur toucher deux mots. Quelle tête ils ont dû faire quand ils nous ont vus en sûreté sous les canons du *Dauphin*?..

Enfin, on prévint Prigent qu'un des navires, remontant à Majunga, était prêt à mettre à la voile. C'était un boutre de 150 tonneaux, commandé par un Arabe zanzibar et monté par quatre matelots appartenant à cette race d'athlètes que produisent les côtes africaines. Sur ce petit navire, les passagers ne pouvaient prétendre au luxe, au confortable des grands paquebots. Il n'y avait même pas de cabine, et ils durent s'installer sur le pont avec leurs provisions; quant aux bagages, inutile d'en parler, ils auraient tenu dans un mouchoir.

Le boutre, incapable de résister aux bourrasques si fréquentes dans le canal de Mozambique, louvoyait toujours au plus près des côtes, prêt à se réfugier au moindre danger, dans une de ces innombrables criques qui découpent le littoral de la Grande Ile.

Prigent avait sacrifié ses dernières piastres pour payer le voyage.

— Nous arriverons à Majunga sans un centime, dit-il.

— Bah ! répondit Prosper, nous trouverons du crédit.

— Pas sur notre mine, toujours, repartit René en souriant. Nous ressemblons bien plus à des voleurs Fahavalos qu'à d'honnêtes agriculteurs.

La navigation, favorisée par un temps relativement beau, ne fut pas trop pénible. Du pont du boutre, les voyageurs voyaient se dérouler tout le panorama de cette partie de l'île. Ici des côtes basses, sablonneuses, sans autre végétation que des bouquets de cocotiers; là de hauts massifs montagneux semblant atteindre le ciel; ailleurs, des villages bâtis dans des plaines parées de toute la magie de cette flore équatoriale, si belle de loin.

On débarquait parfois dans ces villages pour renouveler les provisions, échanger les produits du pays contre des étoffes, des armes, de l'alcool; on s'arrêtait à l'embouchure des cours d'eau mal connus encore, qui viennent des hauts plateaux des monts Bemaraha et qui seront de magnifiques voies de communication, quand l'industrie aura discipliné leur cours, construit des digues, des écluses, pour éviter les chutes et les rapides.

Cette navigation à petites journées faisait trépigner Prosper.

En vain, Prigent essayait de l'intéresser au pays. Il s'en souciait bien du pays, le brave Montmartrois! C'est à peine s'il daignait honorer d'un regard distrait les îles Barren, ou îles stériles, qui forment un petit archipel triste et dénudé en face du gros village d'Ampandikoarana, puis le cap d'Ambaro, le cap Saint-André... Il ne se dérida qu'après que le boutre eût doublé le cap Tampo : celui-là, il le connaissait ; Majunga n'était plus qu'à une journée de navigation.

Le lendemain, en effet, le boutre jetait l'ancre devant le deuxième port commercial de Madagascar.

Comme sa rivale, Tamatave, la ville de Majunga est appelée à un grand avenir. Sa rade, entre deux caps, est vaste, sûre, bien abritée ; son port, sur une rivière navigable, est profond, accessible aux navires de fort tonnage. Un service de puissants paquebots, assurant en dix-sept jours les communications avec la France, y fonctionne d'une façon permanente. C'est le lieu de débarquement des troupes, des fonctionnaires, des colons à destination de Tananarive.

Déjà la ville s'est considérablement agrandie et embellie ; déjà d'importantes maisons de commerce, de crédit, y ont créé des comptoirs, des succursales. Les Européens y sont encore peu nombreux ; mais les Arabes, les Hindous, les Malais, et surtout les Chinois, y forment des colonies prospères.

Majunga fait un trafic considérable avec Mayotte, les Comores et Zanzibar.

En touchant le sol, Prosper, malgré son accoutrement grotesque, était radieux.

— C'est d'ici que nous sommes partis, en mars 1895, pour prendre Tananarive ! disait-il avec fierté.

Prigent chercha un hôtel. Ce n'était pas difficile : les hôtels de toutes catégories abondent à Majunga ; mais il voulait trouver un hôtelier français, à qui il pût se confier, qui consentît à héberger lui et les siens jusqu'à l'arrivée des fonds qu'il comptait emprunter à M. Vigouroux.

Cet hôtelier français, il le trouva à l'enseigne des... *Armes d'Angleterre.*

— Voilà biennos compatriotes ! s'écria René en riant. Sans s'en douter, ils propagent partout l'influence anglaise : vêtements anglais, souliers anglais, coutellerie anglaise, et, nous venons de le voir, enseignes anglaises...

En attendant la réponse de M. Vigouroux, qui ne pouvait arriver avant un mois, nos amis visitèrent la ville, ses quelques monuments; se lièrent avec des compatriotes qui, tous, avec cet admirable esprit de solidarité entre tous les Français éloignés de la *Mère Patrie*, leur firent des offres de service.

Prigent, dénué de tout, déguisé en sauvage comme disait Prosper, dut accepter pour lui et ses compagnons.

La vie est facile, agréable à Majunga, où les Européens se sont formés en colonies distinctes les unes des autres. On voisine, on reçoit, on donne des soirées, des concerts, on fait de la bicyclette, de l'automobilisme.

De l'automobilisme à Madagascar! Prosper croyait rêver...

Ce qui indignait Prigent, c'était cette quantité de Chinois que l'on rencontrait dans les rues, tresse au vent, parasol sous le bras...

— Dire, s'écriait-il, qu'il y a en France tant de malheureux sans travail qui ne demanderaient pas mieux que de s'expatrier, et venir se fixer ici. Au lieu de cela, au lieu de faciliter l'immigration de nos nationaux, on fait appel à qui? à ces Chinois, véritables sangsues qui nous apportent leur crasse et leurs vices, qui pompent l'or partout où ils passent, ne se fixent nulle part, n'aspirent qu'à retourner manger chez eux la fortune qu'ils ont gagnée chez les autres. L'exemple de l'Amérique, où ils se sont étendus comme une véritable lèpre, devrait cependant nous ouvrir les yeux...

Enfin arriva la lettre tant attendue de M. Vigouroux.

Elle contenait un chèque sur une des premières maisons de commerce de Majunga.

Prigent paya son hôtelier, remboursa les petits prêts

qu'il avait dû accepter de ses compatriotes, et l'on se mit
en route par un beau matin de septembre.

— Septembre déjà! dit Mme Prigent. Il y a donc près de
cinq mois que nous avons quitté Voavazala! Que d'é-
vènements se sont produit! que de dangers nous avons
traversés.

— Espérons, dit Prigent, que, cette fois, nous aborde-
rons au port pour ne plus le quitter.

Le voyage se faisait naturellement en filanzane, car
aucun service de voiture n'existait encore entre Majunga
et Tananarive. Mais la route était relativement large; on
n'était plus obligé de marcher à la file indienne comme
dans les défilés des montagnes.

— C'est nous qui avons construit cette route, jeté ces
ponts sur les rivières et les ravins, disait Prosper du ton
d'un propriétaire faisant visiter son domaine à des étrangers

Et de fait, ce magnifique domaine, cette France orientale, c'étaient Prosper et quelques milliers d'obscurs
héros comme lui qui l'avaient conquis...

La route longeait le fleuve Betsiboka, large comme une
mer, se jetant par les nombreux bras de son delta dans le
canal de Mozambique; mais on devait le quitter bientôt, à
une vingtaine de lieues au-dessus de Majunga, pour suivre l'Ikiopa qui vient des plateaux de l'Emyrne, rivière
capricieuse que l'on perd souvent de vue pendant des
journées entières pour la retrouver subitement plus loin.

Par les pentes successives de la route, on se rendait
compte du travail cyclopéen accompli par nos soldats.

— D'ici à Tananarive, c'est comme ça, dit Prosper. On
grimpe une côte, on dégringole une pente pour regrimper
une autre côte, redégringoler une autre pente, et cela
jusqu'à la consommation des siècles. Ne dirait-on pas, en
considérant le pays, une mer en fureur dont les énormes
vagues se seraient subitement solidifiées?

La comparaison du Montmartrois ne manquait pas de justesse.

Prosper revit, avec quelle joie! les lieux qu'il avait parcourus quatre ans auparavant, sac au dos : Marowsy au sommet du delta de la Betsiboka, Manonga, Maévatana et, enfin, Suberbieville.

Cette ville, car aujourd'hui Suberbieville mérite ce nom, a été fondée par un ingénieur de talent, pour l'exploitation des terrains aurifères de la région. Les Hovas n'avaient pas vu cette entreprise gigantesque grandir et se développer sans jalousie, et, avant la campagne, ils avaient mis tout en œuvre pour en arrêter l'essor. Depuis, Suberbieville, qui fait vivre des centaines d'ouvriers, n'a cessé de prospérer. Mais, comme le disait Prigent, les mines d'or ne sont pas la véritable richesse d'un pays; elles excitent, au contraire, les convoitises des rivaux et sont des causes de conflits permanents. Les mines les plus abondantes n'ont jamais ajouté à la grandeur d'un peuple; l'Espagne en sait quelque chose! tandis que l'industrie, le commerce, l'agriculture surtout, sont des sources de bien-être, de prospérité, qui ne tarissent jamais.

— N'empêche, disait Prosper, que si je possédais une mine d'or...

— Que feriez-vous?

— J'irais vivre à Montmartre, le quartier par excellence des artistes, le coin de Paris que l'Europe entière nous envie...

A partir de Suberbieville, commencent ces hauts plateaux qui se succèdent sans interruption jusqu'à Tananarive, ces monts Beritza, témoins de la gloire et des souffrances de nos vaillants soldats.

La petite caravane s'arrêta à Andriba, gros village, sur les hauteurs, où les Hovas s'étaient formidablement retranchés et d'où, à l'approche de nos troupes, ils décampèrent sans tambour ni trompette.

— C'est à Andriba, distante d'une soixantaine de lieues de Majunga, presque à moitié route de Tananarive, que le corps expéditionnaire a abandonné la construction de la route, dit Prosper. Nous avions mis près de six mois, de fin mars à fin août, à atteindre ce point ; nous n'avons mis que quinze jours, toujours bataillant, à faire le reste du chemin.

— C'est prodigieux ! exclama Prigent.

— Et on dit que le soldat français n'est pas endurant ? ajouta René.

— Qui çà, *on* ? répartit Prosper. Les Anglais ? les Allemands ? J'aurais voulu les voir à notre place, dans un pays sans routes, où nous étions tantôt trempés comme des canards, tantôt rôtis comme ces mêmes canards à la broche, quittant le fusil pour prendre la pioche, poussant aux voitures, sans autre nourriture qu'un bout de carne desséchée et un morceau de pain de guerre !..

— Calmez-vous ! dit Prigent en souriant, le monde entier a rendu justice à votre héroïsme.

— C'est que je ne veux pas que l'on dise, voyez-vous, continua Prosper en frappant sur sa poitrine, que cette médaille n'a pas été loyalement gagnée !

Après un voyage, presque une promenade de quinze jours dans un pays maintenant pacifié, occupé par de nombreux postes, on arriva enfin à Tananarive.

M. Vigouroux, prévenu par un exprès, était venu au devant de ses amis.

Il voulut les retenir pendant une semaine, mais Prigent brûlait du désir de se retrouver chez lui, au milieu de ses serviteurs. Il n'accorda qu'un jour à M. Vigouroux, et ce jour, nous n'avons pas besoin de le dire, fut consacré tout entier au récit de leurs aventures au pays des Betsiléos et des Sakalaves.

On se remit en route le lendemain à la première heure, avec la hâte fiévreuse d'arriver le plus promptement pos-

sible. Les bourgeanes, excités par la promesse d'une
bonne gratification, doublaient les étapes. On approchait;
bientôt, on apercevrait la vallée, la ferme: déjà on mettait
pied à terre quand Prigent, tout à coup, poussa un cri de
désolation qui fit frémir ses amis.

— Nous arrivons trop tard!

A l'horizon, s'élevait une lueur immense, s'échappant
de la toiture de la ferme. Des panaches de feu, ondoyant
à la brise, mêlés à de noires colonnes de fumée, montaient
lentement au ciel, et, sous les reflets de cette effroyable
conflagration, la campagne entière semblait la proie des
flammes.

Voarzala brûlait!

— Mon Dieu! murmura Mᵐᵉ Prigent, en se laissant
tomber à genoux, n'aurez-vous donc pas pitié de nous?

Assassin ! bégaye Bob... (page 229)

XI. — COMMENT FUT VENGÉE LA MORT DE L'ONCLE FRANÇOIS.

La ferme : bâtiment principal, magasins, écuries, étables, ne formait plus qu'un gigantesque brasier, autour duquel la population des environs s'affairait, criait, gesticulait, mais sans songer à lutter contre le fléau, à prendre des mesures conservatrices, impossibles d'ailleurs, aucun matériel d'incendie n'existant dans le village.

Cette fois, les ennemis de Prigent avaient admirablement calculé leur vengeance; c'était la ruine complète pour le malheureux colon.

Immobile, le regard fixe, un sourire amer aux lèvres, Prigent regardait le feu dévorer sa maison.

Prosper et René interrogeaient les noirs.

L'incendie s'était manifesté le matin même. Allumé pendant la nuit, il avait sans doute couvé longtemps avant

229

15

d'éclater. Toute idée d'accident devait être écartée; le sinistre était dû à la malveillance, car les premières lueurs avaient brillé au premier étage, et le chef du village et sa famille, qui, on s'en souvient, étaient restés à la ferme après le départ de M⁰⁰ Prigent, habitaient le rez-de-chaussée, ne montaient jamais à l'appartement des blancs.

Prosper n'interrogeait que par acquit de conscience; son opinion était faite.

— Ce sont ces bandits qui ont mis le feu, dit-il à René. Ils sont revenus ici.

— Comment se seraient-ils introduits dans la ferme?

— Comment? en escaladant la muraille, parbleu! C'était un jeu pour ces gaillards. Rien à craindre des chiens qu'ils avaient élevés et qui les ont reconnus. Une fois dans la cour, ils ont pris une échelle, l'ont appliquée au dessous d'une fenêtre du premier et ont pénétré dans la place comme chez eux. Je vois leur manœuvre comme si j'y avais assisté.

L'incendie projetait encore dans la cour et sur la campagne ses reflets fantastiques. Prigent restait toujours immobile, comme insensible à tout. A ses côtés, sa femme, ses enfants, se tordaient les mains de désespoir, se demandaient quel crime ils avaient bien pu commettre pour que Dieu les châtiât aussi cruellement.

— L'œuvre de quatre années de peines et de travaux anéantie en un jour! murmura enfin Prigent d'une voix sombre.

— Il faut l'emmener d'ici, ou je ne réponds plus de sa raison, souffla Prosper à l'oreille de René.

Tous deux s'approchèrent du malheureux, et, le prenant chacun par un bras, l'emmenèrent, sans qu'il opposât la moindre résistance, au village où une case fut rapidement aménagée pour recevoir toute la famille.

— Du courage! dit Prosper. Tout n'est pas perdu. Les bandits ont pu incendier la ferme, mais ils n'ont pas emporté la terre, les récoltes, les troupeaux. Vous rebâtirez votre maison et vous reconstituerez votre fortune.

— Non, répondit Prigent d'une voix glaciale, le malheur nous a touchés de son aile... rien ne nous réussira plus désormais.

— Charles! ne parle pas ainsi, je t'en conjure! dit M⁰ Prigent, qui, devant ce désespoir farouche, oubliait ses propres douleurs. Nos épreuves sont cruelles, mais elles auront un terme.

Pour toute réponse, Prigent hocha mélancoliquement la tête et se laissa tomber sur une natte, sans force, sans énergie : ce dernier coup l'avait achevé.

Prosper, lui, réfléchissait; sa cervelle féconde enfantait mille et mille projets.

— Le feu a été mis par le mulâtre et son digne ami, ça, c'est limpide comme de l'eau de roche, se disait-il. Mais se sont-ils enfuis après ce dernier exploit, ou sont-ils restés dans le pays? *That is the question*, comme disent les *Goddem*.

Et, prenant Tiénévraotony à l'écart :

— Mon vieux frère, dit-il, il s'agit de nous montrer, de battre le pays dans ses coins les plus inexplorés, de retrouver la trace de ces misérables. Il n'y a pas à tergiverser, à compter sur la justice; il faut agir par nous-mêmes. Tant que ces bandits vivront, je ne donnerai pas un centième de piastre de notre peau à tous.

Dès le lendemain, Prosper et Tiénévraotony se mirent en campagne, laissant Prigent et les siens au village, où les noirs avaient pour eux les égards les plus touchants, s'efforçaient de les consoler, leur offraient de rebâtir la ferme, proposition que notre ami, toujours morne, toujours farouche, accueillait avec un hochement de tête significatif.

Ils restaient souvent dehors des journées, des nuits entières, et, quand ils revenaient de ces expéditions, pâles, découragés, se soutenant à peine, Mᵐᵉ Prigent, Charles et René n'osaient les interroger.

Quant à Prigent, il semblait se désintéresser de tout.

— Son esprit est ailleurs! disaient les noirs.

Et les bons Malgaches, qui, comme tous les peuples primitifs, professent un véritable culte pour les insensés, qu'ils croient plus près de la divinité que le commun des mortels, redoublaient de soins, de prévenances, d'attentions.

Un jour que Prosper et Tiénévraotony battaient l'estrade, fouillaient la brousse, scrutaient le sol pour essayer d'y relever un indice, une empreinte, le Malgache saisit son compagnon par le bras et le força à se jeter derrière un buisson.

— Eux! dit-il, d'une voix tellement basse, qu'elle ressemblait à un souffle.

C'étaient, en effet, Joë et Bob qui venaient d'apparaître à l'extrémité du sentier. Les deux bandits étaient seuls. Leurs vêtements en lambeaux, leur visage amaigri, disaient assez la vie qu'ils menaient dans ces solitudes, privés de tout, couchant à la belle étoile ou dans les creux des rochers.

— Suivons-les, dit Prosper à l'oreille du Malgache.

Marchant courbés dans la brousse, sous le couvert des arbres géants, assez loin pour que le bruit de leurs pas se confondît dans les mille murmures de la forêt, ils s'attachèrent à la piste des deux compagnons, et les virent se glisser dans une sorte de niche creusée par le temps dans le tronc d'un tamarin gigantesque.

Deux pierres plates disposées comme des sièges, un monceau de feuilles qui devait être le lit, des armes, des poteries grossières composaient tout l'ameublement de ce gîte primitif.

— Le diable s'en mêle, murmura le mulâtre, en se laissant tomber sur une pierre; ils ne sortent plus du village!..

— Et ils n'en sortiront plus, affirma Bob. Pourquoi nous entêter dans une entreprise irréalisable? Tu voulais te venger? Est-ce que ta vengeance n'est pas complète? Prigent, ruiné, sans espoir de se relever, est devenu idiot : que veux-tu de plus?

— Leur vie à tous! rugit le mulâtre.

— Eh bien, moi, je déclare que j'en ai assez de cette existence de misère et de privations, quand nous pourrions être si heureux. Tout cela finira mal, Joë; la chance nous abandonne, rien ne nous réussit plus, et nous semblons marcher vers une catastrophe.

— Que m'importe cette catastrophe, si elle emporte nos ennemis!

— Il m'importe à moi. Oh! ne roule pas des yeux furibonds, tu n'es plus entouré de K'havalos; Ramazazaha lui-même, nous a lâchement abandonnés. Nous avons fait un pacte : en échange de mon aide, tu devais me donner la fortune. Eh bien! cette fortune, je la réclame; si tu ne veux pas me donner la part qui me revient, je serai quitte pour la prendre.

— Ose! s'écria le mulâtre.

— Oui, j'oserai; j'ose! Homme contre homme, Joë! Celui qui tuera l'autre héritera de lui.

Joë se leva d'un bond, la main sur la crosse de son revolver, le visage, non pas livide, mais vert de colère, les yeux injectés de sang. Il se précipita sur Bob; mais celui-ci aussi s'était préparé à la lutte. Ils se regardèrent un moment prêts à se jeter l'un sur l'autre, se souffletant de leur haine.

— Ils vont s'entre-dévorer! murmura Prosper.

— Silence! souffla Tiénévraotony, en lui serrant la main à la broyer.

Déjà Job s'était calmé ; un sourire singulier errait sur ses lèvres minces ; il avait pris une résolution.

— Soit, dit-il, nous partagerons, et chacun ira de son côté.

— Quand ?

— Cette nuit.

— Pourquoi pas tout de suite ?

— Parce que nous pourrions être épiés ; parce que, si tu ne le sais pas, moi je m'en suis aperçu, ton ex-ami Prosper et son âme damnée, le Malgache, rôdent dans les environs. Vingt fois, j'ai été sur le point de leur envoyer du plomb, mais je craignais de compromettre ma vengeance. Ce n'est pas à eux que j'en veux...

— Ce soir alors ?

— Ce soir. Une goutte de rhum, Bob, et restons bons amis.

— Non, répondit Bob, en repoussant de la main la gourde que lui tendait le mulâtre. Depuis que nous sommes ici, je ne bois plus que de l'eau que je vais puiser moi-même : je me souviens trop des tisanes que tu préparais à l'intention du vieux Prigent...

Il fait nuit ; la lune, à demi-voilée, ne répand qu'une clarté indécise, blafarde, sur les rochers et les hauts tamarins, découpant en noir leurs squelettes tourmentés ; aucun bruit dans la campagne, tout semble endormi.

Dans ce petit sentier rocailleux que nous avons suivi sous un orage épouvantable, la nuit de l'enlèvement du cercueil de l'oncle François, deux hommes avancent péniblement, serrés l'un contre l'autre.

Ils paraissent bons amis ; pourtant ils ne se quittent pas des yeux, s'observent avec défiance, et leur main droite, passée sous leurs vêtements, caresse la crosse d'un revolver.

Arrivés à un endroit où le sentier, de plus en plus

étroit, ne peut livrer passage qu'à un seul homme, l'un
de nos inconnus s'arrête, et dit à l'autre :

— Passe le premier, Joë.

— Par politesse, pour te montrer le chemin, Bob?

— Non, mais parce que je ne veux pas te laisser derrière moi.

Le mulâtre hausse les épaules et continue sa marche.
Parvenu devant un amas de rochers disparaissant presque sous des touffes de verdure, sous un enchevêtrement
de lianes rampantes, il s'arrête encore en murmurant :

— Que t'ai-je dit, Bob? L'herbe et les lianes ont repoussé, les arbustes se sont redressés, et nul ne se dou-
terait que cet amas de décombres est une tombe, la tombe
où nous avons caché le cercueil du vieux Prigent.

— Marche, dit Bob, qui, à cette pensée qu'il passe
devant la tombe de sa victime, sent le frisson le secouer.
A quoi bon rappeler ces lugubres souvenirs?

Les deux hommes continuent de marcher en silence. Le
sentier longe maintenant le torrent où, dans cette nuit
sinistre, les deux fossoyeurs avaient jeté leurs outils devenus inutiles. Le mulâtre ne manque pas d'en
faire la remarque en ricanant.

— Il fait meilleur qu'alors, et nous sommes moins
chargés, dit-il.

— Tais-toi! tais-toi, par grâce; ou je ne réponds plus
de moi!

Après un quart d'heure de marche, Joë s'arrête devant
un rocher.

— C'est ici, dit-il; je reconnais l'endroit...

— Enfin! s'écrie Bob.

Et tous deux, usant leurs ongles, déchirant leurs mains,
se mettent à creuser le sol au pied du rocher. La besogne
avance; bientôt Bob pousse un cri joyeux : il a senti les
valises bourrées d'or et d'argent enfouies là depuis un an
déjà...

— Elles y sont toutes deux ? demande Joë.

— Oui, répond Bob, qui, maintenant qu'il touche au
but, maintenant que ses mains soulèvent les précieuses
valises, semble oublier toute prudence, reste agenouillé
sur le bord du trou; oui, elles y sont...

— Eh bien, elles y resteront et toi aussi.

Et, d'un mouvement brusque, dégageant son revolver,
le mulâtre en applique le canon contre la tempe de son
complice.

— Assassin... bégaie Bob. Je...

Il ne peut achever : le mulâtre a pressé la gâchette,
une explosion retentit, et Bob, le crâne fracassé, tombe
sur cet or maudit qui a tant excité sa convoitise, lui a
coûté un crime et cause aujourd'hui sa perte...

— Maintenant, je suis tout à ma vengeance! s'écrie le
mulâtre; avec un éclat de rire strident.

Mais, comme si le coup de feu qu'il vient de tirer avait
été un signal, voici que, de toutes les anfractuosités des
rochers, de derrière tous les arbres surgissent des om-
bres, brillent des canons de fusil. Eperdu, se croyant le
jouet d'une hallucination infernale, le misérable, enjam-
bant le corps de sa victime, veut fuir. Prigent, les bras
croisés, pâle, farouche comme le destin, se dresse
devant lui. Il recule · Prosper, toujours railleur, le sourire aux lèvres, lui barre le chemin! Alors, il essaie de
se jeter de côté; mais là sont Tiénévraotony, René,
Charles et Edouard, le fusil à la main, prêts à tirer!

— Perdu! rugit-il, fou de désespoir.

— Oui, perdu! dit Prigent d'une voix calme qui résonne
étrangement dans le silence de la nuit. La justice divine
est lente parfois, mais elle atteint toujours le coupable...
elle le frappe comme tu viens de frapper ton complice...
Rends-toi...

— Jamais! hurle le mulâtre. Jamais, tant que j'aurai un
souffle de vie...

Jetant des regards effarés autour de lui, cherchant un sentier par où s'enfuir, il a remarqué, quelques pas plus haut, un tronc d'arbre jeté comme un pont en travers du torrent. Réunissant toutes ses forces, il bondit sur Prigent, l'écarte violemment et s'élance en avant, essayant de gagner le pont.

— Tirez! crie Prosper. Pas de pitié pour ce faussaire deux fois assassin!

Plusieurs coups de feu retentissent. Joë, qui n'a pas été touché, continue sa course vertigineuse, véritable course à l'abîme, il atteint le tronc d'arbre et s'engage sans hésiter sur ce pont vacillant.

De loin, nos amis aperçoivent le mulâtre, qui, dans cette demi-obscurité, semble prendre des proportions gigantesques, debout comme un mauvais génie au milieu du pont suspendu.

Encore quelques pas et il est sauvé...

— Tout n'est pas fini, Prigent! dit-il, avec un geste de menace.

— Il nous échappe! gémit Prosper.

Il achève à peine qu'un craquement sinistre se fait entendre : le tronc, vieux, vermoulu, tenant à peine au rocher, s'est effondré sous le poids du misérable.

Nos amis épouvantés, muets, saisis par l'horreur de cette scène, voient le mulâtre ouvrir les bras, tourbillonner dans le vide et tomber au fond du torrent sur les récifs à fleur d'eau...

— Cette fois, murmure Prosper à mi-voix, le diable lui-même ne le sauverait pas...

Et, se penchant sur l'abîme éclairé par les pâles reflets de la nuit, il montre le corps du misérable, effroyablement broyé, étendu sur un lit de rochers.

— Quelle mort épouvantable! disent Charles et Edouard.

— Nous n'avons pas versé son sang, c'est Dieu qui l'a

frappé! murmura Prigent, oubliant le crime devant la grandeur du châtiment.

— Et demain, dit Prosper, que les émotions les plus terribles ne pouvaient abattre longtemps, nous écrirons sur le rocher : « Ci-gît Joë Curry, le plus grand bandit que la terre ait porté... »

Le mulâtre a été châtié... (page 236)

XII. — CONCLUSION.

Pendant que le drame terrible, que nous venons de raconter, avait son dénouement dans le défilé des rochers, à quelques pas de la tombe de l'oncle François, Mᵐᵉ Prigent, restée seule avec son plus jeune fils, priait Dieu de protéger son mari et ses dévoués compagnons.

Elle connaissait les projets de nos amis. Quelques heures auparavant, Prosper, tout essoufflé, pâle comme un cadavre, mais le regard rayonnant, un sourire de triomphe aux lèvres, s'était précipité dans la cabane, en criant :

— Debout, monsieur Prigent, debout! Cette fois, nous les tenons...

— Qui? demanda Prigent de sa voix glaciale.

— Le mulâtre! Bob! Tiénévraotony et moi les avons

suivis, épiés, écoutés. Nous aurions pu les tuer comme des chiens qu'ils sont, mais nous avons voulu connaître l'endroit où ils ont caché l'or qu'ils vous ont volé, et, peut-être, le cercueil de votre malheureux oncle. Nous les prendrons au piège. Mais ne perdons pas une minute : l'un d'eux quitte le pays aujourd'hui même.

Prigent se redressa ; une lueur passa dans son regard : il s'était ressaisi.

— Oui, dit-il, en prenant un fusil, partons tous et rejoignons ces bandits. Mais, êtes-vous sûr de retrouver leur trace ?

— J'ai laissé Tiénévraotony en sentinelle, à deux pas de leur repaire. Prenons des armes, et en route.

Et ils étaient partis.

M⁰ⁿ Prigent se remémorait cette scène, et sa prière montait au ciel plus ardente, plus suppliante.

Soudain des pas pressés retentirent, la porte de la cabane s'ouvrit, et Prigent apparut sur le seuil entouré de ses fils, de ses amis.

D'un bond, M⁰ⁿ Prigent fut dans les bras de son mari.

— Enfin ! vous voilà tous ! s'écria-t-elle. Dieu soit béni.

Et, frissonnante, elle ajouta :

— Eux ?

— Punis ! répondit Prigent.

— Par vous ?..

— Non, dit Prigent d'une voix grave. Bob est mort assassiné par son complice, et le mulâtre a été châtié au moment où il croyait nous échapper.

Puis, en frémissant :

— Dieu nous réservait encore une suprême consolation. En suivant les bandits, nous avons entendu le mulâtre se vanter de son crime, nous l'avons vu indiquer du geste le lieu où ils ont caché le cercueil de l'oncle François...

Est-il nécessaire de continuer ce récit?

Le bonheur ne se raconte pas.

Le premier soin de Prigent, maintenant que la mort tragique des deux bandits lui laissait toute liberté d'action, avait été de faire déblayer la caverne que Joë, lui-même, avait indiquée comme étant la tombe de l'oncle François. Le cercueil fut retrouvé sans peine; il n'avait aucunement souffert du terrible voyage que les deux complices lui avaient fait faire à travers les rochers, et Prigent le fit pieusement inhumer dans la petite vallée, à la place autrefois choisie par l'infortuné vieillard.

Ce fut une touchante cérémonie, à laquelle prirent part toute la population du village et des environs.

Puis, avec l'or maudit, qu'il n'acceptait que comme un prêt, et qu'il se promit d'abandonner plus 'aux pauvres et aux colons besoigneux, Prigent revint la ferme, étendit son exploitation qu'il dota d'une sucrerie, d'une scierie mécanique appelée à rendre les plus grands services; car les pauvres Malgaches en sont encore au procédé de Robinson Crusoé, qui, pour se procurer une planche, était obligé d'abattre un arbre, et d'en diminuer les côtés avec une hache jusqu'à ce que cette planche fût devenue de la grosseur voulue.

Le bonheur, après tant d'épreuves, se fixa définitivement à Voavazala.

René s'est associé à Prigent, et est en passe de regagner sa fortune perdue.

Charles sera agriculteur comme son père. Edouard, lui, ira en France étudier la médecine, et, ses examens passés, ses grades conquis, il reviendra s'établir au milieu des siens. Une exploitation, comme celle de Prigent, employant à l'heure actuelle des centaines de travailleurs, exigeait la présence permanente d'un médecin capable et dévoué.

Le petit François ne pense pas encore à l'avenir ; il se contente de grandir et de devenir un bel enfant.

Tiénévraotony finira ses jours à Voavazala : trop de liens le rattachent désormais à ceux qu'il continue d'appeler ses maîtres.

Quant à Prosper Ridard, intendant, régisseur général, intéressé dans les affaires, c'est maintenant un personnage. Ses amis ont remarqué que, depuis quelque temps, il va bien plus souvent à Tananarive que ne l'exigeraient les besoins de l'exploitation, et le bruit court, qu'un de ces jours, il pourrait bien ramener à Voavazala une petite Mᵐᵉ Ridard, fille d'un marchand, correspondant de Prigent.

Mᵐᵉ Prigent a déjà reçu ses confidences ; mais elle a promis le secret, et chacun sait qu'elle est discrète.

Il faut pourtant que quelqu'un ait parlé, puisque la nouvelle est connue de tous...

En attendant ce jour, qui comblera ses vœux, le joyeux Montmartrois raconte ses campagnes, qui se bornent à une, la prise de Tananarive.

FIN

TABLE

---

i

DEUXIÈME PARTIE

LA VENGANCE DU MULATRE

FIN DE LA TABLE.

Limoges. — Imp. E. Ardant et Cie.